Im Hitzesommer 1983 wird Danilo Gromow tot in seiner düsteren Hellseher-Villa aufgefunden, und ausgerechnet Kriminalkommissär Heiner Glut, der tags zuvor einen Wald in Brand gesteckt hat, soll diesen Fall lösen. Der einzige Hinweis, den er findet, ist der Eintrag »Novosti« in Gromows Agenda. Unterstützte der dubiose Prophet die Berner Filiale der sowjetischen Nachrichtenagentur Novosti, die Bundesrat Rudolf Friedrich gerade in einer Hauruckaktion schließen lassen will?

In *1983. Verfluchte Hitze* treibt Lukas Holliger ein rasant literarisches Spiel mit drei historischen Ereignissen: dem Skandal um die Berner Novosti-Agentur, dem spektakulären Fall einer Basler Spionin in sowjetischen Diensten und dem Mord an einem Wahrsager. Es ist der letzte Höhepunkt des Kalten Kriegs, Europa streitet über den Nato-Doppelbeschluss, die Friedensbewegung bildet kilometerlange Menschenketten, in den Kinos läuft *War games,* in den Radios *99 Luftballons,* die ersten CDs und Nintendo-Spiele sorgen für Aufregung – doch als Andy Egli im Basler St. Jakob-Stadion einen Penalty gegen Brasilien versenkt, kommt Heiner Glut der Lösung seines Falls einen entscheidenden Schritt näher.

Während Lukas Holliger seinen historischen Figuren verbriefte Zitate in den Mund legt, schreibt er für sein Ermittlerteam pointierte Dialoge, die den vielfach ausgezeichneten Theater- und Hörspielautor erkennen lassen.

Lukas Holliger

# 1983

## Verfluchte Hitze

Roman

EDITION BLAU
Rotpunktverlag

Der Autor und der Verlag danken
dem Fachausschuss Literatur BS/BL
für die finanzielle Unterstützung.

Fachausschuss Literatur

Kanton Basel-Stadt
Kultur

BASEL
LANDSCHAFT
AMT FÜR KULTUR

Der Rotpunktverlag wird vom Bundesamt
für Kultur mit einem Strukturbeitrag für
die Jahre 2021 bis 2024 unterstützt.



www.rotpunktverlag.ch

Lektorat: Anina Barandun

Korrektorat: Lydia Zeller

Gestaltung: Patrizia Grab

Druck und Bindung: Friedrich Pustet,
Regensburg

ISBN 978-3-03973-017-9

1. Auflage 2024

Dieser Titel ist auch als E-Book erhältlich.

*Für Janek*

# 1

Als Heiner Glut erwachte, brannte der Wald. Ein Mann in Uniform riss an seinen Armen und schrie:

»Schnell, dort oben ist ein Bunker!«

»Zu steil!«, stammelte Glut, als er die hohe Böschung erblickte. Allerdings war diese Böschung der letzte Korridor, der frei von Rauch war. Links und rechts drehten sich schon Flammen durch die Baumkronen, wirbelten grauen Qualm um die Äste und machten einen Lärm, als werde das Holz nicht verbrannt, sondern gehäckselt.

»Der Wald brennt wie ein Streichholz!«, schrie der Uniformierte und riss weiter an seinen Armen. Endlich stand Glut auf und stolperte los. Erst jetzt wurde er hellwach. Die tollwütige Welt der letzten Wochen stürzte zurück in sein Bewusstsein.

Die Hitzerekorde, die Schlaflosigkeit, die *Blick*-Schlagzeilen. »Brandanschlag mit Molotowcocktails auf eidgenössische Münzstätte«, »41 Fässer Seveso-Dioxin in Basel eingetroffen«, »Kommt jetzt der große Krieg?«, »Moskau warnt vor Stationierung«. In ganz Europa Friedensdemonstrationen gegen Reagens Pershing-II-Raketen. Weltweit Aufruhr, Drohungen, internationale Spionagefälle, militärisches Aufrüsten in Ost und West. Überall Kampf um moralisches Recht, um Wahrheit und

Macht, und alle, ob Firmenchef, Studentin oder Hundefrisör, verloren die Handlungsfreiheit, versteckten sich in ihrem Alltag vor der Weltlage, dabei waren sie schicksalhaft mit ihr verwachsen, wie eine Schnecke mit ihrem Haus. Und dieses Haus brannte.

»Verflucht, was ist passiert?«

»Ich weiß nicht. Mehrere Brandherde. Und Sie schlafen. Los, schnell, kommen Sie!«

Glut versuchte seine Erinnerungen zu bündeln. Warum bloß hatte er sich auf den Waldboden gelegt?

Der Uniformierte zog abwechselnd an seinem linken und rechten Arm, schob ihn von hinten an, zerrte ihn ungeduldig an den Händen die steile Böschung hoch. Nichts war ihm schnell genug, bis endlich zwischen unversehrten Bäumen der Bunker auftauchte. Mit moosbewachsenen Betonmauern und einer dicken Stahltür. Der Mann in Uniform stemmte sie auf.

Jetzt fiel es Glut wieder ein. Er hatte sich auf den weichen Waldboden gesetzt. Hundemüde nach einer Woche voller Pannen, voller Nervosität und Fehlentscheidungen, etwa der, sich nach seiner Trennung von Noémie den Vollbart abzurasieren. Glut dachte, es würde ihn jünger machen, doch nun fühlte er sich nackt.

Die letzte Woche war gespickt gewesen mit schlechten Omen. Nach elf Jahren musste er seinen Kater einschläfern lassen, an seinem Mofa machten sich verschlissene Stoßdämpfer bemerkbar, und seinen fünfunddreißigsten Geburtstag verbrachte er allein im Kino. Zweimal hintereinander *Scarface* mit Al Pacino. Das zweite Mal nicht mehr nüchtern.

Kein Wunder, war Glut nach dem ersten Arbeitstag im neuen Team erschöpft gewesen. Er hatte gehofft, der schattige Wald kühle ihn ab. Nach Tagen, die so heiß gewesen waren, dass die Behörden Bewässerungsverbote verhängten und vor explodierenden Fernsehern warnten. An Schlaf war da in Gluts Dachzimmerwohnung in der Hochstraße 59 nicht zu denken. Die ganze Nacht lag die Luft wie geschmolzener Käse überm Bett. Trotzdem behielt die Nikotinsucht ihn im Griff. Ja, er hatte sich auf dem Weg durch den Wald eine nach der anderen angesteckt, sich zuletzt an einen Schatten spendenden Baum gesetzt, und dann war er wohl einfach weggekippt.

»Gerettet«, hustete der Uniformierte, dessen kahler Kopf aussah wie mit einem einzigen Bleistiftstrich skizziert.

»Dieser Bunker ist nicht schlecht«, sagte Glut und berührte die Wände.

»Gebaut für den Atomkrieg. Waldbrände schafft er auch. Im Zivilschutz bin ich Bunkerchef.«

Glut hustete.

»Moment. Ich aktiviere die Lüftung.«

Der Mann klappte die Türverankerung herunter, als würde er die Weiche zu einem besseren Leben stellen. Irgendein Druckluftmechanismus aus dem Zweiten Weltkrieg schien anzuspringen. Es roch pilzig modrig, aber man hatte bald kein Kratzen mehr im Hals. Die beiden Männer atmeten durch. Mit dem Leben davongekommen zu sein, stimmte Glut heiter.

»Ist doch großartig. Uns rettet ein Kerker.«

»Ein Zeller. Zeller, Urs. Grenzschutz Riehen.«

Grenzschutz, natürlich, dachte Glut und musterte

die Achselschlaufen an der Uniform. Weil Zeller ihn erwartungsvoll ansah, sagte er:

»Glut. Heiner. Kriminalkommissariat Basel-Stadt. Heute ist mein erster Tag als Kriminalkommissär.«

»Ein Kollege? Na, dann sagen wir doch Du!«

Brüderlich gaben sich der Grenzschutzbeamte und der Kriminalkommissär die Hand.

Angesichts dieser Freundlichkeit wurden Glut die unnötigen Feindseligkeiten der letzten Stunden erst bewusst. Der erste Tag auf dem Kriminalkommissariat. Nur knapp gut gegangen, sich knapp erfolgreich bei den neuen Kollegen vorgestellt. Niemand freundlich, am wenigsten der Vorgesetzte, dieser schweißnasse Albert Hess. Der hatte Gluts Anwesenheit eher geduldet als begrüßt. Danach im Wald, da musste er den Frust wegrauchen, und die abgerauchten Kippen, jetzt fiel es ihm wieder ein, die hatte er einfach weggeschnippt. Beim schnellen Gehen einfach mit den Fingern weggeschnippt ins knistertrockene Laub. Er hatte sich auf dem Chrischona-Rundweg wie ein selbstmörderischer Brandstifter mit Feuer eingekreist. Den ahnungslosen Grenzschützer Urs Zeller gleich mit in seinen Teufelskreis eingeschlossen. Eine Geisel seiner Gedankenabwesenheit. Aber nun waren sie in Sicherheit. In einem Bunker, der auf den Atomkrieg wartete, auf den Tag, an dem die Russen die Nerven verlieren würden.

»Was für ein Jammer. Da draußen verbrennen jetzt Tausende Waldeidechsen, Igel, Eichhörnchen, Jungvögel, Spitzmäuse, Hasen«, sagte Urs Zeller und schien jedes einzelne Tier persönlich zu kennen.

Glut nickte, obwohl er sich darüber keinerlei Gedanken machte. Seine Sorgen drehten sich vielmehr um das Thema »fahrlässige Brandstiftung«. Wenn Albert Hess davon erfuhr, war er seinen Job gleich wieder los. Er erinnerte sich an die elf Monate interkantonale Polizeischule in Hitzkirch. An den armen Buser. Der schwenkte am Besuchstag bei der Vorführung des Wasserwerfers versehentlich die Kanone über die Besuchermenge. Mehrere Kinder wurden wie Puppen über den Boden geschleudert. Ihre polizeiblauen Heliumballone verloren sich im Himmel, während am Boden die Demonstration unverzüglich gestoppt wurde und die allgemeine Empörung sich lange nicht legte. Bis zu diesem Tag hatte Buser zu den vielversprechendsten Aspiranten der Schule gehört. Nach seinem Fehltritt wurde er in Hitzkirch nie wieder gesehen. Glut fiel der zynische Kommentar von Kollege Meyerhans ein.

»Schade, hat er nicht Gummischrot genommen!«

Bei allem Idealismus fürs Polizeihandwerk war diese Art von Menschenverachtung in Hitzkirch immer wieder aufgelodert. Glut, der aus einem antiautoritären, sozialdemokratischen Elternhaus stammte, war darauf schlecht vorbereitet gewesen. Vielleicht handelte es sich um schwarzen Berufsgruppenhumor, wie ihn auch Bestatter untereinander pflegen, um eine Art *riot shield* für die eigenen Ängste, redete sich Glut damals ein, fragte sich dann aber immer, warum er selbst nie das Bedürfnis hatte, von diesem Schutzschild Gebrauch zu machen.

Wenn er an Hitzkirch dachte, sah er als Erstes den Sportplatz. Neben viel theoretischem Wissen ging es in den elf Monaten IPH auch um Fitness. Für Buser, Meyerhans und viele andere der Höhepunkt der Polizeiausbildung. Für Glut, der seit seiner Kindheit immer wieder an Übergewicht litt, waren dies Stunden mit Atemnot, Seitenstechen, Übelkeit.

»Gibts denn so was, ich hab auf der Flucht mein Funkgerät verloren«, fluchte der Grenzschutzbeamte und riss Glut aus seinen Erinnerungen.

»Meine Schuld«, sagte Glut.

»Hier gibts irgendwo ein Kurbelradio, so erfahren wir vielleicht aus den Nachrichten, wenn der Waldbrand gelöscht ist…«, sagte Zeller eher zu sich selbst.

Die gespenstische Stille im Bunker verstärkte Gluts Vorstellung einer gewaltigen Feuersbrunst, die den Schutzraum in diesem Moment umzingelte. Zeller fand das Radiogerät und kurbelte. Der Lautsprecher rauschte, dann erklangen Nenas *99 Luftballons*. Die beiden Männer hörten der Sängerin bis zum Schluss zu. »Heute zieh ich meine Runden. Seh die Welt in Trümmern liegen. Hab ’nen Luftballon gefunden. Denk an dich und lass ihn fliegen.«

Während Glut und Zeller einem roten Luftballon folgten, der über dem zerstörten Europa mutterseelenallein durch den grauen Himmel zog, verspeiste rund einen Kilometer nordwestlich ein zweiundfünfzigjähriger Russe einen Cäsar-Salat, zerbiss Croutons, genoss das Aroma von Dijon-Senf, Eiern und Sardellen und ahnte nicht, dass in wenigen Stunden eine Pistolenkugel seine Halsschlagader durchtrennen würde.

# 2

Das Dach des Eidgenössischen Departements für auswärtige Angelegenheiten in Bern glühte. In windstillen Minuten erreichten die dunklen Dachziegel hundertzwanzig Grad Celsius.

Staatssekretär Raymond Probst verließ sich auf die Unterstützung seiner drei EDA-Departementskollegen Muheim, Schenk und Reimann. Heimlich nannte er sie seine »drei Musketiere«. Zu viert galt es, den pikanten Antrag aus dem Eidgenössischen Justiz- und Polizeidepartement EJPD abzuschmettern. Auf hellgrünem Papier fasste die Bundesanwaltschaft den aktuellen Ermittlungsstand der Bundespolizei in Sachen sowjetischer Presseagentur Novosti zusammen und forderte nichts weniger als deren Schließung.

Als der vierundsechzigjährige Staatssekretär Probst, dessen lebenserfahrenes Gesicht je nach Lichteinfall rindenartig zerfurcht wirkte, diese Forderung zum ersten Mal las, traute er seinen Augen kaum. Sofort telefonierte er nacheinander mit seinen drei Musketieren, um eine unmissverständliche Haltung zu dem Papier zu erarbeiten. Franz E. Muheim war Leiter der politischen Abteilung 1, Blaise Schenk dessen Stellvertreter und

Heinrich Reimann Chef der Sektion Völkerrecht. Alle drei hatten sofort eine eindeutige Meinung.

Gleich sollten sie nun also zwei Vertreter des Eidgenössischen Justiz- und Polizeidepartements empfangen. Probst nannte die Männer aus dem EJPD leicht spöttisch »die Polizisten«. Polizist 1 war heute der groß gewachsene, sportliche Generalsekretär Benno Schneider, Polizist 2 der Chef der Bundespolizei höchstpersönlich. Peter Huber.

Huber war in jeder Beamtenrunde stets der unauffälligste. Ein Bürokrat mit schwarzem, seitengescheiteltem, lichtem Haar und einem treuherzigen, bübischen Hundeblick. Doch das täuschte. Seine diensteifrige Genauigkeit verärgerte unter den Musketieren insbesondere Völkerrechtler Reimann. Genau wegen solcher Gestalten wie diesem Huber kreisten Reimanns berufliche Wunschgedanken schon länger um Algerien. Sein Traum war es, Botschafter in Algier zu werden. Raus aus der militärgrünen Altstadt Berns, die lebenslänglich unter ihren dunklen Arkaden gefangen blieb, weg ans weite, wohlriechende, südliche Mittelmeer.

Vielleicht darum stand Reimann, der heute viel zu früh in Probsts Büro eingetroffen war, zuerst lange am Fenster und schaute in den Himmel, auf der Suche nach einem Flugzeug.

»Wenn ich dann gleich mal beginnen darf?«, eröffnete Raymond Probst die Sitzung.

Die Männerrunde, die teils Kaffee trank, teils rauchend in ihren Stühlen saß, nickte.

»Dieser Antrag, meine Herren, dürfte mit den Grundsätzen eines liberalen Rechtsstaates kaum vereinbar sein«, sagte Probst und klopfte mit dem Kugelschreiber auf das maschinenbeschriebene hellgrüne Papier mit dem Vermerk »Streng vertraulich«.

»Deine Bundespolizei, lieber Peter, reitet hier leichtsinnig eine Kampagne gegen die Sowjets, dabei zielt sie doch ganz offensichtlich auf die beiden Schweizer Journalisten Martin Schwander und Philippe Spillmann.«

Probst atmete zwischen seinen Sätzen ruckartig. Was wie ein asthmatisches Leiden klang, bedeutete bei Probst Entschlossenheit. Es war das effiziente Atemholen eines älteren Schwimmers, der schon manchen Wettkampf gewonnen hatte.

»Der Bericht, entschuldige die Wortwahl, Peter, dieser Bericht riecht nach Polizeistaat. Du weißt, ich kenne mich nicht ganz so schlecht aus mit den Kommunisten. Aber ich dachte immer, wir Eidgenossen sind besser.«

Keiner der Eidgenossen aus dem EJPD reagierte auf das zwiespältige Lob, und so wurde Probst deutlicher:

»Dieses Papier, meine Herren, ist ein Spiel mit Dynamit.«

Nacheinander bemühten sich die drei Musketiere, Probsts Einstiegsvotum Nachdruck zu verleihen, während Bundespolizeichef Huber schon verärgert die Lippen zusammenkniff. Als Erstes drückte Völkerrechtler Reimann die Zigarette aus und argumentierte:

»Wenn man zu einem Novosti-Büro A sagt, muss man sich nicht wundern, wenn die über den Zaun fressen. Ich meine, andere Pressebüros sind auch keine Engel. Ich hab mich beim Lesen des Antrags jedenfalls dauernd gefragt, ob man die Aktivitäten der beiden

Schweizer wirklich den Russen, also diesem Novosti-Chef Alexei Dumow, anlasten kann?«

Musketier Numero 2, Franz Muheim, nickte und ergriff das Wort. Selbst wenn er entspannt redete, übertraf der bärtige Mann mit dem runden Eulengesicht und der großen Brille alle Anwesenden an stimmlicher Präsenz. Entsprechend engagiert und entschlossen klang sein Votum.

»Ich möchte die Bundesanwaltschaft hier vor allem darum gebeten haben, die Verhältnismäßigkeit zu wahren. Wenn ich mir das alles so durchlese, rechtfertigen die ermittelten Tatbestände garantiert nicht die Schließung einer ausländischen Presseagentur.«

»Sicher keine Schließung, nein«, doppelte Probst leise nach und tippte mit dem Kugelschreiber erneut aufs Papier, als sei damit der Hammer über dem durch und durch verunglückten Antrag gefallen.

Trotzdem öffnete er die Hand noch in Richtung seines dritten Musketiers und ließ auch Vize-Abteilungschef Blaise Schenk sein diplomatisches Denken unter Beweis stellen. Schenk machte den Herren vom EJPD klar, dass es stets darum gehe, den globalen Diplomaten-Kontext einer Sache im Blick zu behalten.

»Ich möchte daran erinnern, dass sich die Schweiz seit langem um eine Verbesserung des Verhandlungsklimas bei den KSZE-Konferenzen bemüht. Wenn wir jetzt solche scharfen Maßnahmen ergreifen, dann setzen wir uns dem Vorwurf aus, wir würden die Helsinki-Akte verletzen.«

Staatssekretär Raymond Probst war mit seinen Musketieren zufrieden und stellte fest, dass den beiden »Polizisten« ein paar Schweißtropfen gewachsen waren, die womöglich nichts mit den Sommertemperaturen zu tun hatten.

Generalsekretär Benno Schneider ließ seinem Chef einen Moment Zeit und betrat selbst den Ring.

»Meine Herren, es geht doch hier überhaupt nicht um die Frage von Straftatbeständen. Wir bewegen uns hier im Bereich der politischen Polizei. Ich verstehe, und wir haben das erwartet, dass ihr vom Auswärtigen Amt das Ausland und insbesondere die Sowjetunion nicht erschrecken wollt, aber unsere Innenpolitik steht hier auf dem Spiel. Da ist doch wohl etwas Rückgrat gefordert. Der Bericht hier ...«, und jetzt klopfte seinerseits Schneider mit dem Feuerzeug hart auf das Papier, »... weist eindeutig nach, dass diese beiden Schweizer als Angestellte des Novosti-Büros ein Drahtziehertum aufgebaut haben. Wollen wir mal nicht so naiv sein und denken, der Leiter Alexei Dumow hätte nichts davon gewusst. Solche Aktivitäten stehen absolut diametral im Widerspruch zum Pflichtenheft einer Nachrichtenagentur. Das kann von uns nicht geduldet werden.«

Jetzt öffnete Bundespolizeichef Huber die Knöpfe seiner Hemdsärmel, ohne diese hochzukrempeln, lehnte sich leicht über den Tisch, berührte je mit den Zeigefingerkuppen die Daumenkuppen und sagte:

»Die Bundespolizei verwahrt sich gegen den Vorwurf, sie reite eine Kampagne gegen die Sowjets.«

Nach einer Kunstpause, in der er seine Fingerkreise in der Luft behielt, fuhr er fort:

»Das Handeln unserer Abwehr wird durch die Aktivitäten des Gegners bestimmt. Die Bundesanwaltschaft hat ihren Auftrag wahrzunehmen und die Tatbestände aufzuzeigen, welche unsere innere Sicherheit gefährden können. Desinformation ist eine schwerwiegende Manipulation. Und nur davon, lieber Raymond, sprechen wir hier. Massive Desinformationskampagnen. Das brauche ich dir doch nicht zu erklären, dass korrekte politische Willensbildung ebenso wie Ruhe und Ordnung zu den nationalen Schutzobjekten gehört, die dem EJPD anvertraut sind.«

Probst, der mit diesen Argumenten gerechnet hatte, zündete sich eine dicke Zigarre an und legte seinen Oberkörper zurück.

»Lieber Peter, auch die westlichen Staaten betreiben Desinformation. Vor allem – das lass dir von einem Mann gesagt sein, der bis vor zwei Jahren Botschafter in Washington war – vor allem die USA. Also sollten wir hier nicht mit ungleichen Ellen messen.«

Die Musketiere Muheim, Schenk und Reimann nickten synchron, aber Bundespolizeichef Huber zeigte sich davon wenig beeindruckt.

»Diese unterschiedlichen Ellen haben gute Gründe. Die Aktivitäten der Warschauer-Pakt-Staaten sind darauf ausgerichtet, westliche Nationen und ihre Funktionsfähigkeit zu unterwandern, das ist doch nicht nur in der Schweiz aktenkundig. Sie alle kennen die Verhältnisse in den Niederlanden, und aktuell darf ich an die Ausweisung von Merkulov aus Dänemark erinnern.«

Raymond Probst schüttelte den Kopf, klopfte ein letztes Mal auf das Papier und warnte:

»Peter! Ich sag dir jetzt einfach eins. Wenn dieser Bericht in die Hände von Journalisten gerät, wird sofort der Vorwurf laut, das EJPD wolle die Presse knebeln und habe ein entsprechendes Kesseltreiben gegen Journalisten entfacht. Das ist Dynamit.«

»Einzelne Formulierungen im Bericht kann man meinetwegen diskutieren«, versuchte Generalsekretär Benno Schneider einzulenken. »Für uns steht aber die Schließung des Büros im Vordergrund. Was meinst du, Peter? Ich würde denken, über den Zeitpunkt der Schließung kann man ja noch diskutieren«, sagte er und sah seinen Vorgesetzten fragend an.

Huber wirkte nachdenklich. Das genügte Schneider, um fortzufahren.

»Allenfalls könnte auch geprüft werden, ob lediglich eine Ausweisung des betroffenen Sowjets infrage käme, das Büro selbst jedoch offen bliebe. Allerdings könnten wir dann den Aktivitäten der beiden Schweizer Journalisten nicht mehr entgegentreten.«

Da sprang Probst auf.

»Und genau darum gehts euch, nicht wahr? Danke, dass du die Katze endlich selbst aus dem Sack lässt, Benno. Ihr benutzt das Novosti-Büro der Sowjets als ideologisches Feindbild, um die beiden Schweizer für ihre freie Meinungsäußerung zu bestrafen. Ich sage es noch einmal, das ist Dynamit, antidemokratisches Dynamit«, betonte Probst, klopfte stehend die Asche seiner Zigarre in die mittlerweile übervolle Raucherschale und fixierte Bundespolizeichef Peter Huber. Der blieb stumm und erteilte Schneider, der den Finger sofort zu vehementem Einspruch erhoben hatte, dankbar das Wort.

»Meine Herren! Lassen wir die Kirche mal im Dorf. Wir erklären uns einverstanden mit einer Überarbeitung des Amtsberichts und einer Auflistung der verschiedenen Tatbestände nach Schwere des Vergehens. Und ich schlage vor, dass wir bezüglich Alexei Dumow zuerst einen bürokratischen, unverdächtigen Weg prüfen. Peter, man könnte beispielsweise abklären, wie lange Dumows fremdenpolizeiliche Aufenthaltsbewilligung noch läuft, und die gegebenenfalls einfach nicht mehr erneuern. So wären wir ihn ebenfalls los«, schloss Schneider, der mit diesem Votum um vieles kompromissfähiger wirkte als sein Chef.

Peter Huber, selbst Probst und seine Musketiere schmunzelten überrascht und fanden Schneiders Vorschlag höchst interessant. Erleichtert, dass es auch indirekte Wege zum Ziel gab, löste sich die Runde für eine kurze Pause auf und suchte im Gebäude des EDA nach einem kühlen Ort. Man landete im schattigen Innenhof, in dem ein weißer Brunnen plätscherte. Dort konnten sich die sechs Männer Hände und Schläfen nässen, unter freiem Himmel rauchen und das Treffen in ungezwungener Atmosphäre frühzeitig zu Ende bringen.

# 3

8 Uhr 25. Glut hatte verschlafen. Die Hitze in der Mansarde war unerträglich gewesen. Zu allem Übel hatte er in seinem Bett, auf dem Laken, einzelne Stellen gefunden, die noch nach seiner Freundin rochen. Gegen vier Uhr morgens hatte er die Bettwäsche gewechselt, Bier getrunken und war irgendwann in einen oberflächlichen Schlaf gefallen.

Weil sein Mofa fahruntüchtig war, musste er zu Fuß zur Arbeit. Der Weg von der Hochstraße 59 führte rechts an einem Strip-Klub mit Schaukästen voller vergilbter Nacktfotos, links am Abrissgelände des einstigen Autonomen Jugendzentrums AJZ vorbei, dann, Treppe hoch, über eine schmale Bahnüberführung. Noch keuchend von den Stufen, verließ er die Passerelle bald wieder, nahm irgendeinen beliebigen Abgang, Treppe runter, auf eins der Perrons des Bahnhofs SBB.

Einladend strömte der Geruch von Rost und Schmierfett unter den aufgewärmten Waggons hervor. Durch ein offenes Zugfenster roch man das Raucherabteil. Zwei Frauen machten es sich darin bequem. An den Reisegruppen mit ihren Koffern auf Gepäckkarren eilte Glut etwas neidisch vorbei. Er wäre jetzt auch lieber in einen Zug eingestiegen. Allerdings nicht an dieser

Stelle, sondern dreihundert Meter weiter vorne, wo sich über die Geleise das französische Stromnetz spannte und die SNCF-Lokomotiven mit ihren rotorangen, bullig eingefalteten Gesichtern auffuhren. Wie oft hatte er dort Noémie abgeholt oder verabschiedet. Wiedersehens- und Abschiedsküsse unter dem großen blauen Bahnhofsschild mit der Aufschrift »France«. Dass die Fahrt Paris – Basel als reine Inlandstrecke galt, hatte Noémie immer begeistert. Den französischen Bahnhof bezeichnete sie lachend als ihre persönliche Enklave auf Schweizer Boden, die Schienen zur Landesgrenze als ihre stählerne Nabelschnur.

Die Bahnhofssprecherin schickte Reisende nach Mailand auf Perron 7. Auf Perron 5 standen Wagen der Deutschen Reichsbahn nach Ostberlin bereit. Glut wich einem Hund aus und musste an den protzigen, dunkelgrünen Zug nach Moskau denken, den er hier regelmäßig antraf. Mit ihren kyrillischen Beschriftungen und den großen Hammer-und-Sichel-Symbolen verschafften sich die sowjetischen Züge sofort Respekt.

Die Uhr zeigte 8 Uhr 46. Glut beschleunigte. Das schnelle Gehen passte gut hierher, und zugegeben, unter der hohen, fünfschiffigen Perronhalle fühlte er sich versöhnt mit dem Bahnhof. Nachts verfluchte er ihn. Da lauschte er ausgeliefert dem Lärm schier endloser Züge, die auf dem benachbarten Schienenfeld quietschten und über Weichen ratterten. In jedem Schlafwagenabteil wäre er zu mehr Bettruhe gekommen als in seiner Mansarde, aus deren Fenster man die Nachtzüge nach Amsterdam, Kopenhagen oder Warschau mit ihren gelb beleuchteten Fenstern vorbeiziehen sah. Als dreizehnjähriger Junge war er einmal von zu Hause abgehauen.

Ohne Ticket schlich er sich in einen Schlafwagen nach Wien. Noch heute lag ihm das Wienerisch des rotgesichtigen Schaffners im Ohr, der ihm mit der Polizei drohte. Jetzt war er selbst bei der Polizei. Wer weiß, wie lange noch. Hess hatte ihn auf neun Uhr vorgeladen »betreffs Erläuterung Umstände Waldbrand«.

8 Uhr 48. Von den Perrons ging es runter in die Unterführung. Vorbei an dem großen Kiosk, an dem er sich, wäre er nicht so spät dran gewesen, gerne Zigaretten gekauft hätte und der heute gerahmt war von apokalyptischen Schlagzeilen übers Waldsterben. Der unterirdische Weg führte Glut vorbei an Wurstbuden, Bistrots und Schaufenstern mit Kinoplakaten. *War games*. Zwei Teenager an einem Computer, über ihnen riesige Bildschirme. Die USA und die Sowjetunion hoffnungslos verstrickt ins Netz ballistischer Raketenbahnen. Vorbei dann an einer Europaring-Filiale und dem Schaufenster des Reisebüros Cosmos, das Charterflüge nach Leningrad anbot. Foto-Impressionen von Eremitage, Mariinski-Theater und Schloss Peterhof. Von diesem unterirdischen Osten trieb es Glut in den oberirdischen Westen, wo der Erbauer der New Yorker Freiheitsstatue in einer Grünanlage das Straßburger Denkmal geschaffen hatte. Auf hohem Sockel evakuiert ein geflügelter Schutzgott Zivilisten aus dem von den Deutschen bombardierten Straßburg, geleitet sie unter den rettenden Schutzschild Helvetias. Glut musterte drei Jugendliche, die sich weiter hinten, unterm Dach des Musikpavillons, irgendwas zusteckten, aber nach einem Blick auf seine Armbanduhr setzte er den Weg fort, hinab in die Elisabethenstraße. 8 Uhr 51. Mist, er würde zu spät kommen.

Sein Atem rasselte mittlerweile lauter als der Verkehr. Links tauchten endlich die vier Oberlicht-Pyramiden aus Glasbausteinen auf. Eine schmale Gasse zwischen Elisabethenkirche und Stadttheater führte ihn auf die Freitreppe, die seit wenigen Jahren als neuer Zugang in die Altstadt diente. Glut nahm die weißen Stufen Richtung Barfüßerplatz etwas zu rasant, er fürchtete zu fallen. Um sich zu konzentrieren, schnippte er seine Zigarette weg, fühlte einen Stich in der Magengegend. Weggeschnippte Zigaretten. Waldbrand. Hess. Vorladung. Bereits in einer Stunde würde er zu den Arbeitslosen dieser Stadt gehören.

Ein junger Mann, dessen Gang ihn als professionellen Balletttänzer auswies, schwebte die Stufen herauf, offenbar auf dem Weg ins Theater, auf eine der Probebühnen. Vor dem Tinguely-Brunnen las Glut »*Orpheus und Eurydike*, Choreografie Heinz Spoerli«. Antike plus Tanz. Nein, diese Art von Hochkultur war nichts für Heiner Glut, auf seinem Plattenteller lagen die Stones. 8 Uhr 58.

In der Gerbergasse überfuhr ihn fast ein Auto, an der Volksbank mit der elektronischen Währungstafel (100 CHF/191,84 DM) rannte Glut hustend vorbei. Fluchend gelangte er zum Marktplatz, stemmte seinen Arm gerade noch rechtzeitig zwischen eine zischende Tramtür, die eine alte Frau mit violetten Haaren und zu Boden gefallenem Stock über dem steilen Einstieg einzuklemmen drohte, hetzte beim Singerhaus an den Vitrinen mit barbusigen Hochglanz-Stripperinnen vorbei und erreichte endlich die Polizei-Einsatzzentrale Spiegelhof.

Das Büro seines Vorgesetzten Albert Hess war schon morgens um neun abgedunkelt. Nur so konnte später die totale Machtergreifung der Hitze vereitelt werden. Zusätzlich stand in der Ecke ein klappernder Ventilator. Trotzdem glitzerten auf Hess' Stirn, seinem Nasenrücken und im breiten Tal zwischen Kinn und Unterlippe Schweißtropfen. Glut betrachtete das glitschige Gesicht mit der Sorge, selbst einen noch desolateren Eindruck zu machen. Nach seinem Marathon, der als regelrechter Sprint geendet hatte, übermannte ihn die Müdigkeit. Die erneute Nacht fast ohne Schlaf steckte ihm tiefer in den Knochen, als er sich eingestehen wollte. Hier im Spiegelhof schienen sich plötzlich Traum und Wirklichkeit zu mischen, genau wie das Neon- und das Sonnenlicht in den Korridoren. Geräusche entwickelten ein Eigenleben. Obwohl Hess den Anruf längst entgegengenommen hatte, klingelte es in Gluts Gehörgang einfach weiter. Schon bevor sie sich begrüßen konnten, hatte das Klingeln die beiden Männer getrennt. Hess hätte sich sonst wütend auf den zu spät gekommenen Brandstifter gestürzt.

»Suizid oder Mord?«, fragte Hess nun schon zum zweiten Mal in den Hörer, bedankte sich dann kühl, bevor er auflegte. Kaum lag der Hörer auf der Plastikgabel, boykottierte ein zweites Klingeln die dringliche Angestellten-Vorladung »betreffs Erläuterung Umstände Waldbrand«.

»Hess. – Nein«, sagte Hess und legte auf. Keine schlechte Methode, Anrufe abzuwürgen, dachte sich Glut, aber der Apparat klingelte sofort wieder. Es schien, als löse das Auflegen des Hörers selbst das nächste Klingelzeichen aus.

Heiner Glut konnte sich einen Kommentar nicht mehr verkneifen:

»Ihre Leitungen glühen, hm?«

»Halten Sie die Klappe!«, fuhr ihn Hess an, ohne den Hörer abzunehmen. »Vor 24 Stunden habe ich Ihnen die Hand geschüttelt. Willkommen in meiner Abteilung, habe ich zu Ihnen gesagt. Nach Ihrer Waldbrandnummer frage ich Sie eines: Können Sie sich einen Vorgesetzten vorstellen, der Sie jetzt nicht feuern würde?«

»Sie?«, fragte Glut und setzte ein gewinnendes Lächeln auf. Das Telefon klingelte immer noch.

Hess riss den olivgrünen Hörer an sich, als wolle er das Ding für alle Zeiten von der Verbindung zur Außenwelt kappen.

»Hess? – Ja, wozu haben wir denn einen Sozialdemokraten als Polizeivorsteher? Stähelin weiß, wie man mit Hausbesetzern umspringt. Ja, ich warte.«

In die Stille, die sich auftat und in der dieser wartende Mann plötzlich ganz menschlich, weil bittstellig aussah, drangen von weitem Nenas *99 Luftballons* durchs Fenster. Irgendwo in der Nähe musste ein Gerüstarbeiter das Radio mit dem ersten E-Gitarren-Akkord lauter gedreht haben. Und weil Hess noch länger auf Stähelin warten musste, flüsterte er zu Glut:

»Sehen Sie, was hier los ist? Denken Sie, da habe ich Lust auf die *Blick*-Schlagzeile ›Basler Kriminalkommissariat fackelt Wald ab‹?«

Während er mit dem olivgrünen Plastikhörer am Hals wartete, klingelte ein zweites Telefon. Hess nahm einen grauen Hörer ab, wirkte diesmal fast erwartungsvoll.

»Schatz, ich bin noch auf Leitung eins«, sagte er zart.

Dann drehte er seinen Körper von Glut weg, und als ob er den Moment seiner endgültigen Verwandlung in einen Menschen nicht durch neue Komplikationen gefährden wollte, bemerkte er, über die Schulter, zu Glut:

»Im Übrigen, dieser Grenzschützer, dieser Zeller Urs, der hat Sie dort im Bettinger Wald nie gesehen, klar?«

»Verstanden«, antwortete Glut.

Das Gespräch auf Leitung eins kam wieder in Gang. Stähelin. Hess hörte dem Polizeivorsteher mit der gegen Glut erhobenen Hand eines Verkehrsgendarmen zu.

»Ja, Herr Stähelin – ich danke Ihnen«, sagte er schließlich und betrachtete, nachdem er aufgelegt hatte, eine ganze Weile den klappernden Ventilator.

»Könnten Sie den mal reparieren lassen, man versteht ja sein eigenes …« Bevor er den Satz beenden konnte, erinnerte er sich wieder an den grauen Hörer und drehte sich von Glut weg.

»So, schieß los, Jasminaschatz!«

Albert Hess schaute, während er diesem Jasminaschatz zuhörte, gereizt über den Tisch.

»Was stehen Sie hier noch rum, Glut? Sie heizen mein Büro auf!«

Mit dieser Bemerkung war die protokollarische Vorladung »betreffs Erläuterung Umstände Waldbrand« wohl zu Ende. Glut brauchte nichts weiter zu tun, als keine Erinnerungen an den Grenzschutzbeamten Urs Zeller zu haben, und es war zu vermuten, dass auch Zeller von Hess dieselbe Anweisung erhalten hatte. Glut schob erleichtert seinen Stuhl an den Vorgesetztentisch zurück.

»Moment, Schatz. Glut! Wollen Sie Ihren ersten Toten sehen?«

»Ich bitte darum!«

»Dann dalli dalli! In die Tiefgarage! Unser Alarmpikett fährt gerade los. Es gab einen kleinen Mord in Riehen.«

Glut bedankte sich mit einem ironischen Knicks, den er sofort bereute, und trat in den Gang hinaus. Hinter seinem Rücken war sein Chef weiterhin deutlich zu verstehen:

»So, Jasminaschatz. Jetzt bin ich für dich da, der Brandstifter hat mich aufgehalten ...« Hess ließ ein fieses Lachen hören und fragte dann leidend: »Ist dir auch so schrecklich heiß?«

Vollkommen gleichgültig, wer am anderen Ende der Leitung saß, dachte Glut, bei Temperaturen knapp unter vierzig Grad gabs auf diese Frage ausschließlich eine Antwort. Nur Tote schwitzten dieser Tage nicht. Und einen davon würde er nun gleich zu sehen bekommen.

# 4

Der Schweißfilm unter der Uniform fühlte sich in der kühleren Luft der Tiefgarage plötzlich wie Gletscherwasser an. Schaudernd am ganzen Körper, rannte Glut zum einzigen Wagen, bei dem der Kofferraum offen stand. Ein muskulöser Polizist mit schwarzen, hinten nackenlangen, oben igeligen Haaren stand am Heck und befestigte mehrere Ausrüstungstaschen mit den dafür vorgesehenen Lederriemen im Kofferraum.

»Moment, ich soll mitkommen!«, rief Glut ihm zu.

»Wer ich?«, fragte der Polizist barsch.

»Glut, Heiner, der neue Kriminalkommissär.«

»Der Brandstifter?«, prustete es hämisch aus dem unbekannten Kollegen, und Glut verstand, dass das nun für die nächsten Jahre sein Spitzname bleiben würde.

Der Polizist knallte den Kofferraum zu.

»Wir fahren nach Riehen«, sagte er drohend, als sei diese wohlhabende Gemeinde an der Grenze zu Deutschland für Glut eine Nummer zu groß, oder als wolle er betonen, dass die Fahrt just in jene geografische Ecke führte, in der Gluts Waldbrandgebiet lag.

»Wir?«, fragte Glut, der nicht wusste, ob er sich trotz des abweisenden Tons als Bestandteil der Streife verstehen durfte. Da räusperte sich auf dem Beifahrersitz ein zweiter Polizist, ein gekrümmt dasitzender junger Mann, der sich statt einer Begrüßung sekundenlang die Stimmbänder säuberte.

»Simon. Kriminaltechnik«, sagte er schließlich doch noch.

»Glut, Heiner. Der neue Kriminalkommissär«, wiederholte Glut seine Vorstellung. Einen Moment überlegte er, die Stimmung aufzulockern und sich diesem weiteren Kollegen gleich selbst als »Brandstifter« vorzustellen, aber wenn er diesen Übernamen je wieder loswerden wollte, wäre das sicherlich keine gute Strategie gewesen.

»Mich kennt man ja«, sagte der kräftige Polizist, während er sich ans Steuer warf und den Schlüssel drehte. »Wüst. Tom Wüst. Klingelts?«

Glut bemerkte an Wüsts Autoschlüssel die kleine Metallplakette mit dem Konterfei von Silvester Stallone alias Rambo.

»Hab letztes Jahr die Schweizerische Polizei-Mehrkampfmeisterschaft gewonnen. Schießen, Schwimmen, Weitsprung, Geländelauf, Kugelstoßen, in allem unschlagbar.«

»Kugelstoßen liegt mir nicht«, meinte Glut trocken und prüfte, ob der schüchterne Simon auf seinem Beifahrersitz ein Lächeln zeigte. Tatsächlich zuckten kurz seine Mundwinkel nach oben. Es bestand also Hoffnung, ihn gegen den Mehrkampfmeister als Verbündeten zu gewinnen.

»Sieht man dir an, so wie du schwitzt!«, spottete Wüst und setzte zu einer rasanten Kurve an, raus aus der Tiefgarage ins blendende Sonnenlicht.

Über die Mittlere Rheinbrücke ging es mit Blaulicht

ins Kleinbasel, über den Messeplatz, vorbei am Badischen Bahnhof und die Tramlinie 6 entlang nach Riehen. Im Radio wollte Nena schon wieder etwas Zeit für sich. Glut hörte eine Weile zu, dann wurde ihm das Schweigen seiner neuen Kollegen unangenehm.

»Und es war wirklich Mord, da in Riehen? Kein Suizid?«, fragte er.

»Wie nennst denn du sieben Schusswunden? Dachte, du hast bisher als Detektivkorporal gearbeitet?«, schoss Wüst gereizt zurück.

»Aha. Du weißt Bescheid über mich?«

»Wenn mir ein minderqualifizierter Trottel meinen Traumjob klaut, weiß ich alles über den!«

Okay, daher weht der Wind, dachte Glut und steckte sich eine Zigarette an.

»Keine Zigaretten!«, befahl Wüst, der Glut im Rückspiegel nicht aus den Augen ließ.

»Aber Simon raucht auch«, meinte Glut verwundert.

»Simon muss. Er kann sonst nicht denken, und wenn er nicht denkt, sind wir im Arsch. Der Kleine hat ein Gehirn wie ein Atomreaktor.«

Statt auf diese Zuschreibung zu antworten, räusperte sich Simon unbehaglich. Er schien an dem Spitznamen »Atomreaktor« ähnlich zu leiden wie Glut an seinem »Brandstifter«.

Unterdessen wurden die neunundneunzig Luftballons von neunundneunzig Düsenfliegern beschossen. Glut kurbelte das Fenster herunter.

»Verfluchte Hitze«, sagte er.

»Eben. Und da reden alle noch vom Kalten Krieg!«, schimpfte Wüst.

»Nächste links«, befahl Simon.

»Danke«, sagte Tom Wüst.

»Im Kreisverkehr dritte Ausfahrt«, informierte Simon weiter.

»Danke«, sagte Tom und pfiff beim letzten Luftballon die Melodie mit.

Der Tatort war erreicht. Bleich, als wäre er dem Teufel selbst begegnet, stand da ein junger Unteroffizier und winkte Tom auf den Parkplatz zwischen zwei Löwenstatuen. Glut sah dem Unteroffizier an, wie froh er über die eingetroffene Verstärkung war.

# 5

Die Riehener Villa war erfüllt von einem scharfen, rauchigen Geruch. An den Wänden ritterliche Leuchter mit elektrischen Kerzen aus weißem Plastik, inklusive simulierten Wachstropfen. Dunkel war es und man hatte den Eindruck, als wäre hier nicht zum ersten Mal ein Verbrechen passiert. Diese Villa schien Glut von Anfang an als Tatort konzipiert. Der Unteroffizier, der die Leiche im ersten Stock provisorisch gesichert hatte, führte Wüst, Simon und Glut erst mal in den Salon. Als hinter ihnen ein leises Miauen erklang, sagte er:

»Jetzt einfach nicht erschrecken. Die weiße Katze hinter euch, sie hat zwei Köpfe. Absolut kein Witz!«

Wüst, Simon und Glut drehten sich synchron um und sahen eine Katze mit einem grotesken Doppelkopf und drei Augen.

»Übrigens das da oben, im Schlafzimmer, Tom, das war eine regelrechte Hinrichtung«, fügte der Unteroffizier hinzu, und als in diesem Moment eine Frau in weißem Nachthemd den Salon betrat und gleich wieder im Gang verschwand, ergänzte er diskret:

»Die Butlerin. Ich konnte sie leider nicht von der Flasche trennen. Der Schock.«

»Eine Butlerin?«, lachte Wüst.

Von der Frau im weißen Nachthemd blieb nur das Parfüm zurück, das sich mit dem unerträglichen Rauchgeruch vermischte.

»Verflucht, was ist denn das überhaupt für ein Krematoriumsgeruch hier?«, flüsterte Glut Simon zu.

Wie auf Knopfdruck ließ Simon sein Räuspern hören und klärte auf.

»Nag Champa.«

»Nag was?«

»Nag Champa. Sandelholz-Räucherstäbchen.«

»Okay, okay, eins nach dem anderen«, unterbrach Wüst das Nebengespräch. »Zuerst die Leiche! Immer zuerst die Leichen!«

Er zog den Gürtel seiner Uniformhose enger und folgte dem Unteroffizier in den ersten Stock.

Mit einem Räuspern kündigte Simon weitere Beobachtungen an.

»Die Täter sind maskiert durch den Garten gekommen. Amateure.«

»Verflucht, Simon, dein Gehirn ist wirklich ein Atomreaktor«, lobte ihn Glut, der gleichzeitig stark bezweifelte, dass es in dieser Villa irgendwelche Indizien dafür gab, dass die Täterschaft Masken getragen hatte.

»Wie alt bist du?«, fragte er Simon.

»Vor neunzehn Tagen das zweiundzwanzigste Lebensjahr angebrochen, aber wir sollen am Tatort nicht über uns sprechen. Das stört die Sinne.«

»Natürlich!«, stimmte Glut zu.

Und so wurden sie schweigend Zeugen, wie die Butlerin ein zweites Mal in der Tür auftauchte und mit einer Flasche Wodka die Stereoanlage ansteuerte.

Heiner Glut trat auf sie zu, stellte sich, da dies angesichts ihres alkoholisierten Zustands angebracht schien, laut und deutlich als Kriminalpolizist vor und fragte, wer denn sie genau sei.

»Dummkopf, ich wohne doch hier!«

Nachdem dies klargestellt war, stand sie orientierungslos neben der Stereoanlage und starrte auf das goldgerahmte Picasso-Poster eines nackten Knaben auf dem Rücken eines nackten Jünglings. Weil Glut zunehmend um ihren Zustand besorgt war, schlug er ihr vor, sich erst mal auf das Sofa zu legen. Daraufhin ließ die Butlerin die offene Wodkaflasche fallen, stürzte sich, zwischen Glut und Simon hindurch, quer durchs Zimmer, ließ sich aufs Sofa fallen und begann laut zu weinen.

»Warum? Warumwarumwarum?«

Glut versuchte sie zu beruhigen und fischte nach ihrem Namen.

»Das finden wir heraus, Frau ...«

»Mitten in der Nacht. Plötzlich haben sie geschossen. Einfach meinen Meister erschossen!«

»Meister?«

»Sartorius! Unseren Propheten. Er hat das dritte Testament geschrieben!«

»Das dritte, klar«, sagte Glut und wusste für einen Moment nicht mehr, was es noch zu fragen gab.

Simon sprang ihm mit einem Räuspern bei, und Glut fand langsam Gefallen am subversiven Körperlaut des jungen Kriminaltechnikers.

»Ich will nicht stören, Madame, aber Sie haben sich da jetzt auf ein wichtiges Tierhaar gelegt«, sagte er.

Die Butlerin schlug beide Hände an ihre Schläfen.

»Unsere Katze verliert bei dieser gottlosen Hitze überall ihre Haare, na und?«

Glut konnte sehen, dass Simon mit dieser Erklärung keineswegs zufrieden war.

»Diese januskopfige dort?«, fragte er nach.

»Ja und? Was dagegen?«

Die Frau war es offensichtlich leid, Kommentare über ihr degeneriertes Haustier zu hören.

Simon sprang ein zweites Mal über den Schatten seiner Schüchternheit und machte der Frau klar, dass das Haar, auf das sie sich vorhin gelegt habe, von einem ganz anderen Tier als ihrer weißen Katze stammen müsse. Das Haar, auf dem sie liege, sei schwarz und stamme womöglich von einem Hund.

»Simon! Bei Fuß! Wir brauchen dich hier oben!«, brüllte Wüst über die Treppe.

Simon, der sich gerade auf einen Teppich mit außergewöhnlich wilden Blumenmustern gekauert hatte, um nach weiteren Haaren zu suchen, sprang auf. Er entschuldigte sich räuspernd bei der Butlerin, und als er blitzschnell aus dem Zimmer Richtung Treppe trabte, hatte Glut kurz den Eindruck, seinen innersten Charakter erkannt zu haben. Es war ausschließlich Simons überdurchschnittliche Neugierde, die ihn in Bewegung setzte und die seine Schüchternheit zu überwinden vermochte. Ohne Wissensdurst würde er wohl nie einen Fuß vor seine Junggesellenwohnung setzen, dachte Glut. Er konnte sich nicht vorstellen, dass dieser Simon, der aussah, als wäre er in der Lage, sich seines eigenen Schattens zu schämen, ein Sozialleben führte oder gar eine feste Beziehung hatte.

Doch hier ging es nicht um Simon. Glut musste die

Butlerin unter die Lupe nehmen. Sie lag in ihrem weißen Nachthemd steif auf dem Sofa. Ein unnatürlich schmales Gesicht, geschwollene Augen. Sie war ganz mit sich selbst beschäftigt, knetete ihre tränentriefende Nase wie Ton, fast, als wolle sie sie neu erschaffen oder im Gesicht umdrehen, um den wässrigen Rotz künftig wie in einer Vase zu verwahren. Plötzlich gab sie das Kneten auf, verließ das Sofa und lehnte sich ans Fenster. Unaufgefordert berichtete sie Glut vom letzten Gespräch mit Sartorius.

Sie seien auf dem Balkon gestanden, und ihr Meister habe den unfertigen, zweihundertfünfzig Meter hohen PTT-Fernsehturm kritisiert, der in der Ferne die Bäume überragte. Plötzlich habe man dann dieses schreckliche Feuer, direkt oben im Bettinger Wald, lichterloh brennen sehen. Ihr Meister habe das Zeichen sofort verstanden.

»Jetzt brennt der Wald. Wie ich es vorausgesagt habe. Jetzt geht es los. Die Apokalypse«, habe er gesagt.

Glut versuchte die Frau wieder auf das eigentliche Thema, den Mord im ersten Stock, zu lenken.

»Der Waldbrand tut hier gar nichts zur Sache, glauben Sie mir«, sagte er.

Aber wie ihr Meister zeigte sich die Butlerin felsenfest überzeugt, dass ein brennender Wald das Vorzeichen der Apokalypse sei. Sie kündigte Glut an, ab heute nur noch unten, in ihrem Luftschutzbunker, zu schlafen. Jemand müsse ihr aber helfen, zuerst all die Weinkisten herauszuschaffen.

»Könnten Sie mit anpacken?«, fragte sie und schaute Glut mit ihren verweinten Augen erwartungsvoll an. Da meldete sich Wüst.

»Glut! Bei Fuß!«

Erleichtert entschuldigte sich Glut und nahm je zwei Stufen der geschwungenen Treppe. Oben angekommen stieg ihm sogleich der Geruch von Blut in die Nase.

»Vorsicht, nass«, sagte der Unteroffizier.

Der sogenannte Meister lag in einem lila Bademantel in einer Blutlache, die sich fast über den gesamten Fußboden des Schlafzimmers, bis zur Türschwelle, ausgebreitet hatte. Wie zwei Boote lagen seine Pantoffeln darin. Eins kieloben, das andere noch nicht gekentert, aber menschenleer.

»Sechs Schüsse in den Brustkorb, einer durch die Halsschlagader«, sagte Wüst beeindruckt.

»Arteria carotis«, ergänzte Simon.

Glut wusste nicht, was von ihm erwartet wurde. Vermutlich war es den drei Kollegen im Moment nur wichtig, dass sie mit diesem Anblick nicht allein blieben. Die Schüsse, die von vorne durch den Brustkorb gegangen waren, hinterließen auf dem Bademantelrücken dunkle Blumenstempel. Die offene Wunde neben der Gurgel sah aus, als wäre in diesem zarten Männerhals eine Mine hochgegangen. Das helle Fleisch zerteilte sich in alle Richtungen. Auf Glut wirkte der tote Mann unendlich alleingelassen. Als hätte das Schicksal eine Schnecke aus ihrem Haus gerissen.

# 6

Das Basler Bruderholzquartier setzte sich aus Straßen zusammen, die entweder kurvenreich den Berg hochschlängelten oder aber schnurgerade die Höhenlinien schnitten, bestrebt, möglichst schnell den höchsten Punkt zu erreichen. Alle waren sie gesäumt von grünen Ufern aus gepflegten Vorgärten. Je höher man gelangte, desto wahrscheinlicher begegnete man dem runden Wasserturm mit dem grünen Kupferhut, dem Leuchtturm der wohlhabenden Baslerinnen und Basler. Ein paradiesisches Quartier, von dem man annehmen sollte, dass es wohlbehütete Jugendliche beherbergte, doch schon einige von ihnen waren in den letzten Jahren den Herointod gestorben. Einer von ihnen war Jörgs großer Bruder. Es verging kein Tag, an dem Jörg nicht an die alten Zeiten zurückdachte, als sie zusammen mit ihren Skateboards die Bruderholz-Straßen runterbretterten.

Jetzt steckte Jörg eine Zigarette nach der anderen zurück in die Schachtel und pustete ängstlich die Tabakkrümel weg. Die Zigaretten waren ihm auf den Teppich gefallen, weil er daran schnuppern wollte. Selbst traute er sich nicht zu rauchen, aber am Tabak zu riechen, das tat ihm schon gut. Halb unterm Sofa entdeckte er noch eine. Er bückte sich, um sie aufzuheben, und dabei kam er ins Staunen. Seine weißen Turnschuhe trugen weiße Schnürsenkel. Während er geschlafen hatte, musste seine Mutter die supercoolen Schuhbänder in Leuchtgrün wieder durch langweilig weiße ausgetauscht haben. Er wollte sich gerade ärgern, da liefen die Spieler von Basel und Luzern ein. Auch Jörg trug sein Trikot mit dem Schriftzug »PAX – Die Besser-Leben-Versicherung«.

»Anpfiff! Was machst du noch?«, rief er.

Schnell legte er die Zigarettenschachtel zurück auf den Sofaplatz seines Freundes, dessen Namen er nicht wusste. Alle nannten ihn nur den Barkeeper, und kaum einer wurde zu ihm nach Hause eingeladen. Diese Ehre wollte sich Jörg auf keinen Fall verspielen, zumal der Barkeeper sein einziger Freund und sein Keller der einzige Ort war, wohin er sich von zu Hause flüchten konnte.

Der Barkeeper hantierte schon seit Minuten im anderen Kellerraum mit Flaschen herum. Er schien heute launisch und nur halb bei der Fußballsache. Immer war er mit mindestens drei weltverändernden politischen Unternehmungen gleichzeitig beschäftigt.

Über den Bildschirm flimmerte der erste Basler Angriff. Botteron über Maissen auf Zbinden.

»Wo ist das Scheißbier?«, schimpfte der Barkeeper im Nebenraum.

»Mann, hab ich vergessen, egal, komm, es läuft schon!«

Der Barkeeper stand plötzlich in der Tür des zum Fernsehraum umfunktionierten Luftschutzbunkers.

»Wie jetzt? Du hast gar keins geklaut?«

»Ich war doch mit deinem Hund im Wald! Du weißt,

dass ich danach immer relaxen muss. Mann, dein Hund ist so abgefahren!«

Jörg hasste es wie die Pest, wenn der Barkeeper ihn mit seinem Bullmastiff allein rausschickte. Er vermied dann jeglichen Blickkontakt mit dem Tier, versuchte, keinerlei ruckartige Bewegungen oder laute Geräusche zu machen, und ließ ihn nie von der Leine. Dem Barkeeper verheimlichte er, dass er nicht die ganz große Runde bis zum Predigerhof absolvierte, sondern allerhöchstens zum Wasserturm spazierte, immer hoffend, er werde nicht allzu vielen anderen Hunden begegnen. Wenn er andere Hunde sah, wechselte er frühzeitig die Straßenseite, versteckte sich manchmal sogar in Einfahrten oder Vorgärten und wartete, bis das andere Tier vorbei war. Jörg kam sich immer vor wie ein Hochstapler, wenn er dem Bullmastiff die Befehle des Barkeepers erteilte, und es fiel ihm jedes Mal ein Stein vom Herzen, wenn der Hund sie trotzdem befolgte.

»Wie soll ich ohne Feldschlösschen FCB gucken?«, bohrte der Barkeeper weiter.

»Ich klau in der Halbzeit ein paar Flaschen im Denner«, sagte Jörg, ohne die Augen vom Fernseher zu lösen. Der Barkeeper versperrte den Bildschirm, beugte sich herab zu Jörg und fixierte ihn.

»Ich rackere mir bei der Hitze einen ab, und jetzt das?«

»Trink doch deine Cocktails«, rutschte es Jörg heraus.

Sofort boxte der Barkeeper, präzise platziert, auf Jörgs Schulter. »Lähmungen« nannte er diese gekonnten Schläge.

»Au, spinnst du?«

Im Fernsehen brach Fan-Jubel aus.

»Lattenschuss! Luzern geht gleich baden!«, grölte der Barkeeper und gab den Blick auf den Fernseher wieder frei. Jörg lachte erleichtert mit und rieb sich die Schulter, die mit blauen Flecken übersät war.

Beide setzten sich nebeneinander und schauten dem Konterversuch Luzerns zu, der sich dank des hoch stehenden Andermatt und seiner spektakulären Balleroberung schon im Mittelfeld verlief. Trainer Künnecke applaudierte an der Seitenlinie. Auch die Fans spendeten Applaus.

»Oh, Mann, wie ich mich auf Brasilien freue! Sócrates im Joggeli!«, rief Jörg, dessen Schulter immer noch heftig pochte. Der Barkeeper nahm Jörgs Versuch, der Freundschaft wieder einen guten Drall zu versetzen, nur als Anlass für eine neue Attacke.

»Freude sieht anders aus, Jörgi, du hast brutale Augenringe!«

Jörg war klar, worauf der Barkeeper anspielte. Nie hätte er ihm von seinen Albträumen erzählen dürfen. Also schob er die Augenringe auf die Nervereien seiner Eltern, zeigte als Beleg die ausgetauschten Schnürsenkel und bat um einen grünen Leuchtstift oder am besten eine Spraydose, um sich die Turnschuhe komplett mit Leuchtfarben einzusprayen. Einen Moment fürchtete Jörg, der Barkeeper könnte ihm tatsächlich eine der herumliegenden Dosen reichen. Natürlich hätte er sich nicht getraut, seine Turnschuhe zu versauen. Sein Vater hätte ihm das Taschengeld entzogen, eine Woche Hausarrest gegeben, und der Barkeeper hätte ihn zu Recht ausgelacht, dass er sich mit neunzehn noch wie ein Dreizehnjähriger behandeln ließ.

»Hey. Willst du mal die neuen Transparente sehen?«

»Klar«, meinte Jörg, blieb mit dem Blick aber am Bildschirm kleben, wo Basel prompt das erste Tor schoss. Mit Glück landete der Ball via Pfosten im Netz. Torschütze Beat Sutter streckte die Faust Richtung Muttenzer Kurve, doch da war der Barkeeper schon hinter dem Sofa und zog mehrere eingerollte Banner hervor.

Jörg musste lachen, als er die vielen Rollen sah, die sein Freund kaum alle tragen konnte.

»Wer braucht denn so viele Transparente?«

»Lies, was draufsteht!«

Jörg las.

»Stoppt den Cowboy!«

»Wetten, das zeigen die dann in der Tagesschau«, sagte der Barkeeper stolz.

»Welchen Cowboy?«, fragte Jörg und musste schon wieder lachen. Demonstrationen gegen Cowboys konnte er sich höchstens in einem Witz vorstellen. Vor seinem inneren Auge sah er dreitausend Rinder, flankiert von zehn Cowboys, auf Basel zureiten. Vor dem Stadttor der Barkeeper mit seinem Transparent.

»Du bist so doof! Eine Demo ›Stoppt den Cowboy!‹ Wo gibts denn hier Cowboys?«, sprudelte es aus dem lachenden Jörg. Sofort folgte eine Lähmung.

»Wach auf, Jörgi! Der Cowboy heißt Reagan!«

# 7

Staatssekretär Raymond Probst erlebte in seiner langen Berufslaufbahn nicht zum ersten Mal, dass Fakten, Hierarchien und Zeitgeist völlig unabhängig voneinander durch Institutionen, Departemente und Gedankengänge galoppierten. Hierarchien und Zeitgeist konnten wie Pferde durchbrennen. Äußerst schwierig, einen ausgerissenen Gaul in einer einzigen Besprechung wieder einzufangen. Aber viel mehr Gelegenheiten gabs oft nicht, wenn man sich nicht politisch verdächtig machen wollte.

Während es Probst in der ersten Sitzung zusammen mit seinen Musketieren Muheim, Schenk und Reimann noch gelungen war, dem EJPD eine warnende Einschätzung des Falls Novosti mit auf den Weg zu geben, sah er nun, dass ihm alle Felle davonschwammen. Dabei ärgerte sich Probst auch über sich selbst. Es war ein schwerer taktischer Fehler gewesen, den Sozialdemokraten Pierre Aubert, der das EDA einst selbst geleitet hatte und der jetzt als Bundesrat dessen Vorsteher war, nicht in die Causa Novosti eingeweiht zu haben. Zumal der Fall auf der Gegenseite bis ganz nach oben geschossen war. Bundespolizeichef Huber und Bundesanwalt

Gerber waren sich längst mit FDP-Bundesrat Rudolf Friedrich einig. Das Büro der sowjetischen Presseagentur sollte geschlossen und sein Leiter, Alexei Dumow, des Landes verwiesen werden. Punkt.

Dieser Gerber mit seiner schwarzen Hornbrille und dieser Huber mit seinem seitengescheitelten Haar und dem täuschend treuherzigen Hundeblick saßen jetzt wie Felsen in Anzügen in ihren Stühlen und bliesen Rauch ins Büro des Staatssekretärs Raymond Probst. Probst hatte sich auf die Schnelle wenigstens einen seiner drei Musketiere organisieren können. Franz Muheim, den stellvertretenden Direktor der politischen Direktion. Zu zweit versuchten sie zu betonen, dass sämtliche Chefs, die sie im Eidgenössischen Departement des Äußeren konsultiert hatten, insbesondere die Völkerrechtsdirektion, der einhelligen Ansicht seien, dass auch der zweite, korrigierte Bericht über die Aktivitäten des Novosti-Büros materiell zu wenig stichhaltig sei für ein solch hartes Vorgehen.

»Das müsste schon zu denken geben«, ergänzte Muheim mit lauter Stimme und zupfte den Bart in seinem Eulengesicht. »Wir vom EDA hätten uns lieber eine Verwarnung gewünscht als gleich Schließung und Landesverweis.«

Probst wies die Polizisten vom Justiz- und Polizeidepartement darauf hin, dass das Verhältnis der Schweiz zur Sowjetunion in letzter Zeit auch ohne den Fall Novosti stark belastet sei.

»Und dabei müssen wir gar nicht mal über die Sowjetunion reden. Die Schließung eines Pressebüros schadet bei der laufenden Madrider KSZE-Konferenz massiv unserer Glaubwürdigkeit. Immerhin setzt sich die Schweiz in Madrid initiativ für die Freiheit der Information und ihrer Träger ein«, ergänzte Muheim erneut. Beide, Probst und Muheim, erkannten, noch während sie redeten, dass ihre Argumente in den Augen eines Huber, Gerber oder Friedrich nichts als Argumente der Feigheit und der Angst waren. Angst vor der Sowjetunion, Angst vor dem Verlust der Glaubwürdigkeit. In Zeiten militärischen Denkens bevorzugte das EJPD Argumente der Stärke. Probst und Muheim suchten vergeblich nach mitreißenden Gegenpositionen, fanden aber nicht einmal einen juristischen Zugriff. Sie erkannten zu spät, dass ihre Vorbereitungen auf diese zweite Sitzung zu selbstsicher beziehungsweise mangelhaft gewesen waren. Sie spürten es, weil sie ihre moralischen Einwände des ersten Treffens nur in neue Worte verpackten.

»Ich muss auch noch mal sagen«, ruderte Probst, »dass unsererseits weiterhin Zweifel bestehen, ob dieses Vorgehen wirklich gegen den sowjetischen Leiter des Novosti-Büros gerichtet ist. Es geht euch im Grunde genommen doch um die beiden dort arbeitenden Schweizer. Nur weil man die mit den vorliegenden Beweisen nicht drankriegt, kann man nicht einfach das Pferd gegen die Sowjetunion satteln«, dozierte Probst zuletzt lehrerhaft und fixierte Huber.

»Und wenn ich als Letztes noch dies sagen darf«, schaltete sich wieder Muheim ein, »habt ihr euch die innenpolitischen Folgen gut überlegt? Staatliche Maßnahmen als taktische Kritik an der Schweizer Friedensbewegung? Also ich finde, das müsste man sich in einer Demokratie dreimal überlegen!«

Damit war alles Pulver verschossen, und Bundesanwalt Gerber, der die ganze Zeit seine Hornbrille geputzt hatte, sagte emotionslos:

»Es ist die klare Zielsetzung von Bundesrat Friedrich, dem außerprofessionellen Treiben des Agenturbüros ein Ende zu bereiten und die schweizerische und die europäische Öffentlichkeit über dessen fragliche Aktivitäten zu unterrichten. Und auch über unsere Gegenmaßnahmen, die nun mal Beschlusssache sind und die da lauten: a) Schließung des Büros, b) Ausweisung des Leiters, c) Persona-non-grata-Erklärung zuhanden des Presseattachés der sowjetischen Botschaft.«

Bundesrat Rudolf Friedrichs Zielsetzung war damit wie eine Axt in den Pflock eingeschlagen. Probst und Muheim blieb nur noch der Wunsch, wenigstens die diplomatisch äußerst heikle Sache mit der Persona-non-grata-Erklärung zu überdenken. Und so einigte man sich im Sitzungsprotokoll auf folgenden provisorischen Ausgleich: Die Persona-non-grata-Erklärung wird überprüft, Dumow des Landes verwiesen und das Büro geschlossen, sofern auch der sozialdemokratische Bundespräsident Pierre Aubert, den Probst umgehend zu informieren hat, allem zustimmt.

Als Raymond Probst zwei Stunden später an seinem sonnenheißen Schreibtisch saß und die vertrauliche Notiz an Departementschef Pierre Aubert aufsetzte, sah er all seine Taktik und sein diplomatisches Geschick zwischen die Buchstabentasten der Schreibmaschine fallen. Wie er seine Sätze auch drehte und wendete, egal, mit welchen Andeutungen er sie ausstattete, nichts machte mehr rückgängig, dass man sich mit den Polizisten Gerber und Huber auf die Schließung des Büros und die Ausweisung von Dumow hatte einigen müssen. Das Wörtchen »provisorisch« und das Angebot der Gegenseite, von einer Persona-non-grata-Erklärung eventuell abzusehen, waren noch bescheidener als das Glöckchen, das erklang, wenn der Walzenkorb der Schreibmaschine am Ende der Zeile anlangte. Wenn jetzt SP-Bundesrat Aubert auf Friedrichs Kurs einschwenkte, war der innenpolitische, womöglich sogar internationale Skandal nicht mehr abzuwenden.

Probst drückte seine Zigarette aus und wagte einen letzten Aufstand. Er schrieb:

»Ohne den unzulässigen Charakter dieses Novosti-Treibens verharmlosen – *Glöckchen. Schruumm!* – zu wollen, stellten sich allerdings sowohl die Völkerrechtsdirektion – *Glöckchen. Schruumm!* – wie auch die Politische Direktion des EDA die Frage, ob die – *Glöckchen. Schruumm!* – genannten Vorwürfe ausreichen könnten, um den im Mitberichtsverfahren – *Glöckchen. Schruumm!* – vorgelegten Antrag zu rechtfertigen.«

Probst überlegte. Wie die vertrauliche Notiz abschließen, damit Pierre Aubert auch wirklich kapierte, dass das EDA nun auf ihn zählte? Probst fluchte. Und tippte dann den letzten Absatz:

»Es lag uns daran, Sie über diese Angelegenheit in Kenntnis zu setzen für den Fall, dass Herr Bundesrat Friedrich, der bereits entsprechend orientiert ist *(Pardon, hast eine erstklassige Zigarre gut bei mir, Pierre!)*, Sie darauf ansprechen sollte. Wir wären Ihnen dankbar, wenn Sie uns mitteilten, ob Sie sich mit unserer Betrachtungsweise *(Du verstehst doch, Pierre, was ich mit ›unserer Betrachtungsweise‹ meine? Ich meine unsere Einwände und nicht den ›gemeinsamen‹ Beschluss!)*, die wir gegebenenfalls in einem Mitbericht an den Bundesrat aufnehmen würden *(Lass mich bitte so einen Mitbericht schreiben, Pierre, dann pack ich unsere Kritik nochmals in eine solide Kanonenkugel!)*, einverstanden erklären könnten *(beziehungsweise NICHT einverstanden erklären können, sonst fliegt uns diese Novosti-Geschichte um die Ohren!)*.«

Raymond Probst unterzeichnete die Aktennotiz schwungvoll. Das R und das P seines guten Namens warfen Lassos über die letzte Zeile, zufällig um die Wörter »einverstanden« und »erklären«, ganz so, als wolle er sie wieder einfangen.

# 8

In seinem Büro saß die Kollegin, mit der Polizeimütze noch auf dem Kopf, an einer elektrischen Olympia und tippte Durchschläge. Heiner Glut schaute sie ein paar Sekunden zu lange an.

»Noch nie eine Frau gesehen?«

»Nicht im Kriminalkommissariat«, musste Glut zugeben.

Ihre Augen, die unter den gesenkten Lidern dunkel geschimmert hatten, leuchteten jetzt, da sie zu ihm aufblickten, hellgrau.

»Wie war dein erster Einsatz als Kriminalkommissär?«, fragte sie Glut mit selbstbewusster Direktheit.

»Na ja, Brandstifter habens nicht leicht im Team«, wich Glut aus, um nicht offenzulegen, wie sehr er von Tom Wüst geschnitten wurde und dass er fürchtete, nicht eingeweiht zu werden, falls Simon oder Wüst erste brauchbare Spuren verfolgten.

»Brandstifter?«, fragte die Kollegin zurück.

»Spar dir die Höflichkeit. Schon klar, dass ihr alle Bescheid wisst!«

»Okay. Aber ich verurteile dich nicht«, sagte die Kollegin und tippte weiter.

Glut blieb bei ihr stehen und wischte sich den

Schweiß von den Schläfen. Es dauerte nicht lange, bis sie ihn irritiert musterte.

»Irgendwelche Fragen?«

»Das sind aber viele Durchschläge.«

»Friedhofsvandalen. Zwei Doppel müssen an die Denkmalpflege.«

»Verstehe«, sagte Glut und wandte sich seinem eigenen Schreibtisch zu. Dort lagen mehrere Formulare mit Informationen zu seinem neuen Arbeitsplatz, seiner neuen Stellung innerhalb des Polizeiapparats, ein Blatt der Personalabteilung, eine dünne Mitarbeiterzeitung sowie ein paar unpersönliche Briefe. Die Olympia verstummte.

»Auch am Wochenende bleibts neununddreißig Grad, wir gehen schwimmen«, sagte die Kollegin.

Da war es wieder, dieses Wir. Glut bezweifelte auch diesmal, dass er mitgemeint war.

»Wir?

»Teamfindung. Ohne die Hitze des Gefechts hier.«

»Teamfindung. Klar«, sagte Glut. »Am Wochenende?«

»Die Polizei schläft nie«, erklärte die Kollegin, riss plötzlich ihre Durchschläge aus der Maschine und lief zur Tür, als läge sie in ihrer Arbeit um Stunden zurück. Kurz nachdem sie im Korridor verschwunden war, beugte sie sich beeindruckend elastisch um den Türrahmen.

»Bin gespannt auf deine Badehose, tschüss!«

Und während Glut noch den Kopf schüttelte, turnte sie ein zweites Mal um den Rahmen.

»Jasmina heiße ich, danke, dass du gefragt hast, Heiner Glut!«

Dann blieb sie endgültig verschwunden.

Verflucht, dachte Glut. Die peinliche Vorladung bei seinem Chef fiel ihm wieder ein. Eindeutig hatte Hess zweimal »Jasminaschatz« gesagt.

Falls das hier sein Jasminaschatz war, hatte Albert Hess direkt neben seinem Schreibtisch eine Spionin installiert. Sie würde Hess von allem berichten können, was er in den nächsten Tagen verbockte. Zu früh gefreut, dachte Glut. Einen zweiten Waldbrand wird es von mir nicht zu sehen geben.

Entschlossen trat Glut in den Gang hinaus, um den kühlen Kellerraum mit dem neuen Getränkeautomaten zu suchen, von dem er gehört hatte. Er brauchte jetzt erst mal eine Erfrischung.

»Kannst du eigentlich auch noch was anderes, als mir im Weg stehen?«, blaffte ihn Wüst an, der ausgerechnet die Treppe heraufgeschossen kam, die Glut nehmen wollte. Um ein Haar wären die beiden zusammengestoßen.

»Tom, jetzt hör mal. Das mit deinem Traumjob, das tut mir ...«

Wüst ließ ihn nicht ausreden.

»Jeder! Jeder hier auf diesem Stockwerk weiß, dass ich als Detektivwachtmeister vor dir dran gewesen wäre!«

»Weiß ich, Tom.«

»Dann weißt du auch, warum mir Hess einen Korporal vors Licht stellt?«

»Nein, warum?«

»Aus Angst vor meiner Effizienz«, sagte Wüst und baute sich mit seinem braun gebrannten Gesicht vor Glut auf. »Und Angst solltest auch du haben.«

»War das jetzt eine Drohung?«

Wüsts Antwort kam wie aus der Pistole geschossen.

»Ein Fehltritt und ich heize dir ein, Glut.«

»Warum warten? Geh doch jetzt gleich an die Presse! Sing vom Waldbrand und du bist mich los.«

»Gute Idee«, sagte Wüst und nahm die nächsten Stockwerke in Angriff.

Verflucht. Dieser Kerl wäre dazu in der Lage, dachte Glut. Vermutlich lief dieser Hitzkopf all die Treppen nur zum Training, statt den Lift hinten im Gang zu nehmen.

# 9

Heiner Glut saß als Erster im Besprechungsraum General Guisan. Die Fenster waren weit geöffnet, auch wenn es draußen schon morgens um zehn zu warm war, um die Luft im Spiegelhof abzukühlen. Von der Straße drang Baustellenlärm herein, immer wieder bimmelten genervte Tramführer. Glut schloss alle Fenster, da betraten Hess, Jasmina und Tom wie ein kleiner, verschworener Trupp das Zimmer.

Hess unterließ eine Begrüßung.

»Macht jemand die Fenster auf?«

Baustellenlärm und Tramgebimmel fluteten herein.

»Okay. Wieder zu!«, befahl Hess.

»Ventilator?«

»Kommt!«, sagte Jasmina wie die Assistentin einer Herz-OP.

»Wo ist Simon?«, fragte Hess.

»Im Labor«, sagte Wüst.

»Umso besser. Wer beginnt?«

Es entstand eine peinliche Pause.

»Wer beginnt?«, wiederholte Hess mechanisch und ohne aufzublicken.

»Na, unser neuer Mann da, mit den Schweißflecken unterm Arm«, lachte Wüst heraus.

»Wer schwitzt, lebt«, gab Glut zurück und startete sachlich seinen Bericht.

»Männlicher Leichnam, 52 Jahre alt, Name: Danilo Gromow ...«

»Stimmt was mit dem Ventilator nicht?«, unterbrach ihn Hess. Jasmina betätigte mehrmals den Kippschalter, versprach, Ersatz aus Kollege Müllers Büro zu beschaffen, und eilte aus dem Zimmer.

Wüst und Hess schauten Glut an, der warten wollte, bis Jasmina zurück war. Aber da sich jede Sekunde wie eine Stunde anfühlte, fuhr er fort.

»Wie gesagt. Danilo Gromow, 52, wohnhaft in Riehen, Föhrenweg 11. Künstlername Sartorius. Mutmaßlich waren es zwei maskierte Täter.«

»Mutmaßlich?«, wiederholte Hess gereizt.

»Na ja. Simon meinte, das nasse Gras – da lief den ganzen Tag ein Sprinkler – bilde die Spuren zweier Männer ab. Männer, die nach dem Überklettern des Zauns, Zitat Simon: ›einen unlogisch geknickten Weg‹ zurücklegten. So, wie man es eben ›mutmaßlich‹ nur tue, wenn man die Orientierung verloren habe. Simon tippt deshalb auf ›Dilettanten mit schlecht sitzenden Masken‹ und empfiehlt uns, die Umgebung der Villa nach weggeworfenen Masken abzusuchen.«

»Simon ist wohl in Hochform, hm?«, sagte Hess und alle lachten.

»Weiter?«

»Das Opfer. Sieben Schüsse. Sechs in die Brust, einer in den Hals. Schätzungsweise hundertfünfundzwanzigtausend Franken Bargeld sind weg, behauptet zumindest die Butlerin. Insofern würde alles auf Raubmord hindeuten, wenn ...«

Glut setzte eine Pause.

»Wenn?«, fuhr Hess ärgerlich auf. Er hasste Wenns. Sie trübten die Hoffnung auf schnelle Lösungen.

Glut spielte über die Bande zu Wüst.

»Na ja, Kollege Wüst hat da so eine These«, sagte er und schaute den Kollegen schadenfreudig an. Der schien die Falle nicht zu ahnen.

»Wenn, Chef, wenn das Opfer kein Russe wäre! Aber der Name Danilo Gromow. Da muss man prinzipiell genauer hinschauen!«

»Ja, und? Was gibts zu sehen, wenn man ›prinzipiell genauer‹ hinschaut?«, fragte Hess.

Wüst zählte an seinen Fingern ab, was ihm verdächtig schien. Gefunden worden seien in der Riehener Villa eine Schreibmaschine mit kyrillischer Tastatur, diverse Umschläge mit sowjetischen Briefmarken, Dutzende Ordner mit kyrillischen Dokumenten und Abrechnungen sowie ein Etui mit achtundsiebzigtausend Rubel.

»Der Kerl war so rot wie sein Blut«, bilanzierte Wüst.

Glut platzte vor Neugierde, wie Hess auf diese brillante Schlussfolgerung reagieren würde, und es hätte besser nicht kommen können.

»Sonst noch was, Wüst?«

»Also mir reicht das, Chef!«

Jasmina kehrte mit dem Ventilator von Kollege Müller zurück und Glut setzte seinen Bericht fort.

»Offiziell ging das Opfer dem Beruf der Hellseherei nach. Ebenfalls wohnhaft in der Villa: die Butlerin Jana Grether, 46 Jahre, schwere Alkoholikerin, wie es aussieht. Gemäß Aussage Grether sind zwei Männer mitten in der Nacht über den Sitzplatz ins Wohnzimmer eingedrungen. Einer von ihnen habe sich in der Villa offensichtlich ausgekannt, jedenfalls sei er, Zitat Grether, ›wie ein wild gewordener Affe‹ nach oben gestürmt und habe dort sofort das Feuer auf Gromow eröffnet.«

»Ich habe noch gestern für ganz Riehen einen Zeugenaufruf gemacht «, sagte Wüst.

»Genau. Hoffen wir also auf weitere Hinweise aus der Bevölkerung. Fremde Fahrzeuge am Tatort und so weiter«, ergänzte Glut.

Hess blickte noch immer nicht aus seinen Papieren auf.

»Sonst noch was?«

»Und ob!«

Glut hatte seinen Joker noch nicht ausgespielt. Eine VHS-Kassette. Er fütterte damit den Videorekorder. Zuerst sah man lange nur einen Ameisenkrieg, dann sprang aus dem Bildrauschen Gromow.

Danilo Gromow alias Sartorius saß in einem dunkelvioletten Umhang an einem Tisch, mehrere Kerzen brannten. Mit russischem Akzent sprach er die Worte *Satore entrato operae portas!* Nicht im Bild, aber gut hörbar, konnte man mehrere aufgeregte Frauen- und Männerstimmen vernehmen. Die Kamera wackelte, offenbar war auch der Kameramann äußerst erregt.

»Das sieht ja aus wie in einer Geisterbahn«, sagte Jasmina.

»Lasse nun ein jeder seine Karte ins Buch fallen«, setzte Danilo Gromow die Geisterbeschwörung fort. »Auf dass uns die Propheten eröffnen unsere Zukunft. Maria, deine Karte, bitte!«

Eine Frau mit schwarzem Lockenkopf kam seitlich ins Bild. Ihre Haare bebten.

»Meine Güte, die zittert ja wie Espenlaub!«, sagte Jasmina, unentschlossen, ob sie verblüfft oder amüsiert sein sollte.

»Müssen Frauen beim Fernsehen immer quatschen?«, schimpfte Tom Wüst.

Gromow sprach weiter.

»Maria! Schenke dem Buch deine Karte. Vertraue dem Testament.«

Die Frau befolgte diese Aufforderung treuherzig und streckte Gromow zitternd eine Spielkarte entgegen. Der forderte sie jetzt auf, ihm ihre Hand zu geben und sich nicht zu verkrampfen. Aber diese Maria schien vor Angst ganz starr. Als Gromow die Karte ins aufgeschlagene Buch fallen ließ, schrie sie auf, woraufhin der Geduldsfaden von Albert Hess riss.

»Okay, okay, genug des Wahnsinns!« Er forderte Jasmina mit einer wegwerfenden Handbewegung auf, den VHS-Rekorder auszuschalten. Eine autoritäre Geste, die auch zu Sartorius gepasst hätte, dachte Glut.

Noch bevor sich die Schublade öffnete und die Kassette wieder ausgespuckt war, tat sich Wüst hervor.

»Hinter diesem Hokuspokus vermuten wir das Schlimmste, Chef.«

»Und das Schlimmste wäre?«, fragte Hess sichtlich müde.

»Spionage.«

Ohne Wüsts abenteuerliche Vermutung zu kommentieren, wandte sich Hess Jasmina zu und fragte nach dem Zeitpunkt der Pressekonferenz.

»19 Uhr.«

»Bis dahin haben Sie den Rapport, Chef«, sagte Glut in einem Ton der Zuverlässigkeit, der Wüst signalisieren sollte, dass auch ein Detektivkorporal einen guten Kriminalkomissär abgeben konnte.

»18 Uhr 30, wenn ich bitten darf«, sagte Hess barsch.

Als ob er sich für die halbe Stunde rechtfertigen müsste, schimpfte Hess auf das neue Basler Privatradio Basilisk. Diese Spaßvögel würden die Fakten an Pressekonferenzen nämlich nicht einfach, wie es seit Jahren Usus sei, vertrauensvoll zur Kenntnis nehmen, sondern notorisch hinterfragen. »Als ob wir lauter Lügner wären!« Hess wollte seine Medienschelte vertiefen, aber da überraschte der Ventilator mit klapperstorchartigen Geräuschen.

»Darf ich vorstellen: Müllers Ventilator«, sagte Jasmina und alle außer Hess lachten.

»Jasmina! Heute auch noch was Substanzielles aus der Damenecke?«, fragte Hess.

»Jawohl. Der Fall Wolfgottesacker«, sagte Jasmina.

»Ja und?«

»Die Friedhofsvandalen stammen vermutlich aus dem Fußball-Hooligan-Milieu. Ein Zeuge, selbst Fußballfan, will sie erkannt haben. Ich bin da also ziemlich hässlichen Typen auf den Fersen.«

»Sie steht auf hässliche Typen, Chef«, spottete Wüst, offensichtlich ohne jede Ahnung, in welches Fettnäpfchen er gerade trat.

Hess blickte auf die Uhr und entschied, die Sitzung mit einer saloppen Bemerkung zu beenden.

»Na dann, Jasmina, bleib am Ball, schieß auch du mal ein Tor und schnapp dir deine Fußball-Hooligans!«

Hess lächelte selbstverliebt, Glut höflich, Wüst frauenfeindlich, Jasmina ironisch.

»Wer kommt am Samstag alles schwimmen?«, wechselte Jasmina, als die Sitzung aufgelöst war und alle bis auf Glut schon standen, das Thema.

»Wir sollten unseren fleißigen Kriminalkommissär Glut willkommen heißen, das Eis im Team etwas brechen«, sagte sie.

Die Bezeichnung »fleißiger Kriminalkommissär« provozierte Wüst.

»Eis? Wo sieht denn die Eisprinzessin hier Eis? *The day after* im Kino nicht gesehen? Unsere Welt brennt!«

»Kinder, Kinder! An die Arbeit!«, ging Hess dazwischen und scheuchte die Kollegen aus dem Guisan-Raum.

»Ach und bitte! In allen Büros Radio aus, ich kann diese *Luftballons* nicht mehr hören!«

# 10

Ruth Gerhardt saß auf der Rückbank des Taxis und band sich zum dritten Mal die Haare im Nacken neu zusammen. Zwar hatte sie vor ein paar Sekunden in der Ferne bereits das lang gestreckte rote Backsteingebäude des DF Malan Airports von Kapstadt erspäht, jetzt aber stand ihr Wagen am Straßenrand, und der Fahrer zeigte sich komplett überfordert von der Aufgabe eines Reifenwechsels. Ruth Gerhardt sah sich nervös um, da sie das ganze Manöver mit dem angeblich platten Reifen so kurz vor dem Ziel nicht recht glauben wollte. War sie aufgeflogen? Angesichts der knappen Zeit bis zum Abflug überlegte sie, den letzten halben Kilometer mit ihren Koffern und Taschen zu Fuß zu bewältigen, aber das hätte erstens nur weiteres unnötiges Aufsehen erregt, zweitens fehlte ihr dafür das Schuhwerk, und drittens sah ihr Fahrer nicht danach aus, als ob er sie während so eines Fußmarsches beschützen würde. Wer war dieser Taxifahrer wirklich, und warum eigentlich hatte er sie zwanzig Minuten zu spät in der Heerengracht Street abgeholt? Als er sich für die Verspätung entschuldigte, hatte er sogar gelächelt und dabei den Zahnstocher verloren.

»Probleem«, sagte der Taxifahrer jetzt, warf den

Wagenheber auf den Boden und hielt Ausschau nach einem Berufskollegen, was Ruth sehr recht war, obwohl sie grundsätzlich nur im alleräußersten Notfall Hilfe von gänzlich Unbekannten annahm. Am meisten fürchtete sie in ihrer exponierten Lage eine Streife der Suid Afrikaanse Polisie. Seit ein paar Wochen träumte sie Verhaftungsszenen in verschiedensten Variationen. Sei es mitten zwischen Hauptgang und Dessert in einem Restaurant an der Longmarket Street oder an einem frühen Morgen, wenn sie noch unter der Dusche stand, meistens aber am Flughafen beim Aufgeben der Koffer oder irgendwo im Ausland auf einer unscheinbaren Straße voller Blumen und Schmetterlinge. Das wurde langsam, aber sicher zu einer fixen Idee in ihrem Leben, auch tagsüber, wenn sie wach war.

Kein anderes Taxi kam in Sichtweite, und die Situation entwickelte sich sogar noch ungünstiger, als sie ohnehin war, als ein etwas zu eleganter schwarzer Bentley anhielt. Ruth versuchte ruhig zu atmen. Ein alter Mann stieg aus, unbeholfen. Sie dachte zuerst, es handle sich um den Chauffeur, aber auf dem Rücksitz war niemand zu erkennen. Möglicherweise war der Alte unterwegs, um seinen Chef vom Flughafen abzuholen. Jedoch sahen die Mütze, die er trug, und auch sein Anzug nicht nach Chauffeur aus, eher nach, ja nach was? Mit einer winkenden Armbewegung sicherte sich der Alte die Aufmerksamkeit des Taxifahrers, zeigte kopfschüttelnd auf den Wagenheber am Boden, ging um seinen Wagen herum und holte aus dem Kofferraum ein exquisites, vermutlich noch nie verwendetes Modell mit einer spiegelblanken Kurbel aus Chromstahl. Doch auch damit hatte ihr Taxifahrer seine liebe Mühe. Kostbare Minuten verstrichen. Minuten, in denen der alte Mann – Ruth Gerhardt schätzte ihn auf über siebzig Jahre – keinerlei Anstalten machte, den Taxifahrer zu instruieren. Kostbare Zeit, in der sich der mysteriöse Alte eine Zigarette rollte und Ruth unaufhörlich anstarrte, als warte er auf das Angebot ihrer Entschädigung für sein Samaritertum.

»What time is your flight, if I may ask?«, fragte er plötzlich.

Ruth erkannte den russischen Akzent sofort.

»I can take you with me.«

Sie lächelte und schätzte die Kampfkraft des alten Mannes ein, fiese Hilfsmittel oder Waffen einmal ausgenommen. War es Zufall oder von Bedeutung, dass er Russe war? Wenn er über sie Bescheid wusste, könnte sie sein russischer Akzent durchaus beruhigen. Hatte er jedoch keine Ahnung, wer vor ihm stand, dann war er einfach irgendein Mann und als solcher nicht vertrauenswürdig. Sicherer wäre es auf jeden Fall, ihn möglichst schnell abzuschütteln. Ruth Gerhardt musterte den Wagenheber, dann legte sie ihr Jackett auf den Rücksitz. Die Kurbel hatte sie schnell am Wagenheber montiert, danach war das Taxi mit wenigen energischen Handgriffen angehoben. Die Tatsache, dass der russische Bentleyfahrer einer Frau tatenlos beim Arbeiten zusah, konnte zweierlei bedeuten. Entweder war er schon zu gebrechlich, um ihr zur Hand zu gehen, oder aber, und in diese Richtung liefen Ruth Gerhardts Gedanken, er war ihr nicht so wohlgesinnt, wie er mit seiner Pannenhilfe vorgab zu sein. Dass auch ihr eigener Fahrer tatenlos zusah, wie sie sein Taxi wieder fahrtüchtig machte, war noch einmal eine ganz andere Geschichte, aber Ruth Gerhardt hatte nicht die Zeit, sich auch darüber zu wundern oder zu ärgern. Vermutlich war er einfach nur gedemütigt von ihrer Geschicklichkeit. Als der Ersatzreifen montiert und mit dem Gewicht des Wagens belastet war, entpuppte er sich nach ein paar Sekunden als ebenfalls platt. Ruth wischte sich die Finger an ihrem Stofftaschentuch ab und sah, wie die beiden Männer Blicke tauschten. Verdammt. Einen halben Kilometer vor dem Flughafen saß sie in der Falle. Mit dem Daumen berührte sie den Schlagring am rechten Mittelfinger und nahm dann das süßlich wiederholte Angebot des Bentleyfahrers unter der Bedingung an, dass auch der Taxifahrer mitkomme und er diesen, nachdem er sie so schnell wie möglich beim Abflug-Terminal abgesetzt habe, zu einer Werkstatt und wieder zurück zu seinem Taxi fahre. Die beiden Männer kamen ins Diskutieren und Ruth schaute nervös auf ihre Schweizer Armbanduhr. Mittlerweile schweißnass, holte sie ihre Koffer und Taschen aus dem Kofferraum des Taxis, wissend, dass sie sich damit bei den beiden endgültig verdächtig machte. Wäre ihr Gepäck vollkommen harmlos gewesen, hätte sie es doch bestimmt nicht selbst von einem Wagen in den anderen geschleppt, ohne um Hilfe zu bitten. Andererseits hatte sie soeben einen Reifen gewechselt, für solche Sorgen war es also ohnehin zu spät.

Als Ruth Gerhardt fünfzehn Minuten später in der Abflughalle des DF Malan Airports stand und sich den vom Kurbeln schmerzenden Ellbogen rieb, war der ganze Aufwand umsonst gewesen. Ihren Flug via Frankfurt nach Basel hatte sie prompt verpasst.

# 11

Freitag. Martin Schwander war nach einer Vielzahl Besorgungen (Bank, Post, Mister Minit, Eschenmoser und Papeterie) nun auch noch auf dem Weg in den ABM, um eine Stange Plastikbecher zu kaufen. Als er endlich, verschwitzt, nach Hause kam, hörte er im Treppenhaus, dass das Telefon in seiner Wohnung klingelte. Die ganzen drei Stockwerke, die es dauerte, bis er seine Wohnungstür erreichte, schickte der Anrufer den schrillen Ton des Telefons durchs Haus.

Am Apparat war Schwanders Chef Alexei Dumow, Leiter der Presseagentur Novosti in Bern. In gebrochenem Deutsch und mit einer Förmlichkeit, die nur als getarnte Selbstbeherrschung zu deuten war, bat er Schwander, unverzüglich ins Büro zu kommen. Etwas Beispielloses sei vorgefallen.

Nur eine halbe Stunde später saßen alle Mitarbeiter am Wildhainweg am Sitzungstisch und rauchten.

»Die Schweiz hat mich des Landes verwiesen«, sagte Domow sichtlich konsterniert. »Zehn Tage habe ich Zeit, meine Koffer zu packen. Und Novosti. Novosti Bern ist ab sofort geschlossen.«

Schwanders erste Reaktion war ungläubiges Lachen,

dann Fassungslosigkeit, dann Wut. Und dann ein Verdacht. Wie sein Kollege Spillmann war Schwander Mitglied der kommunistischen Partei der Arbeit PdA. Deshalb sah er in der Novosti-Schließung und dem damit verbundenen Jobverlust (oder sollte er sagen, dem damit verbundenen politischen Arbeitsverbot?) einen Angriff auf seine und Spillmanns Person. Dumow jedoch vermutete ein vom Ausland inspiriertes antisowjetisches Komplott, und so behielt Martin Schwander seinen Verdacht vorerst für sich. Er trank Kaffee und registrierte, wie sich seine Gedanken im Kreis drehten, während man besprach, was noch zu retten oder was gegen diesen politischen Skandal zu unternehmen sei.

Am nächsten Tag malträtierten Hunderte Schlagzeilen die Köpfe der Eidgenossen und malten das Bild einer von Moskau lückenlos unterwanderten Schweiz.

Tom Wüst saß in der Kantine des Spiegelhofs, las den Artikel im *Blick* zum dritten Mal und schüttelte den Kopf, weil alles noch viel schlimmer war, als er immer befürchtet hatte. Gleichzeitig war er erleichtert, dass Moskaus Aktivitäten aufgeflogen waren und an einem prominenten Beispiel endlich einwandfrei bewiesen werden konnten. Für Wüst stand die Schweiz lange schon am Abgrund staatsfeindlicher Bedrohungen. Seit Anfang 1981 hatte die Staatsanwaltschaft in diesem Land achtundzwanzig Sprengstoffanschläge gezählt, siebzehn davon politisch motiviert. Wie lange würde es in dieser explosiven Lage dauern, bis Bundesrat Friedrich, der als Einziger den Kampf gegen die kommunistische Gefahr ernst nahm, Opfer eines Anschlags würde?

Jetzt gebe es keine Entschuldigungen und Ausreden mehr, fluchte Wüst im Kopf. Spätestens mit diesem Novosti-Eklat wussten alle Schweizerinnen und Schweizer Bescheid. Auch all diese Linken und all diese elenden Friedensträumer mussten jetzt aufwachen. Dafür, dass sie jahrelang die Gefahr der Russen verharmlost hatten, hätte ihnen Wüst am liebsten in die Fresse gehauen. Dummheit verdient Schläge. Wüst kam gar nicht mehr aus der Kantine. Immer wieder las er die im *Blick* aufgezählten Tatbestände, die Bundesrat Friedrich als Gründe für die Novosti-Schließung anführte.

»Gravierende, fortgesetzte Verstöße gegen die mit der Bewilligung für die Ausübung der Agenturtätigkeit verbundenen Auflagen«.

Diesen bürokratischen Kettensatz musste man sich Schritt für Schritt aufdröseln, damit die Wut angemessen hochstieg. Es ging also um Verstöße gegen die Auflagen, sagte sich Wüst.

Auflagen, zu denen man sich gefälligst verpflichtete, wenn man eine Bewilligung haben wollte. Die Bewilligung nämlich, eine Agenturtätigkeit in diesem Land auszuüben. Und gegen diese Auflagen verstießen die Russen schamlos? Was erlaubten die sich?

Weiter im Artikel: »Gefährdung der inneren und äußeren Sicherheit der Schweiz durch die Anwendung aktiver Maßnahmen«. Gehts noch?

»Desinformation und Einmischung in schweizerische Angelegenheiten«, was mischt ihr euch überhaupt ein? Geht nach Russland, wenn es euch dort besser gefällt! Wüst schaute, ob ihn jemand beobachtete, denn er fürchtete, dass sich seine Lippen beim Lesen bewegten. Seine Aufregung wäre für jemanden, der nicht wusste, was er Schockierendes las, kaum nachvollziehbar gewesen. Obwohl, er hätte es dem betreffenden Kollegen dann schon vorgelesen. Aber die Kantine war leer.

Weiter: »Beeinflussung der schweizerischen Friedensbewegung, organisierte Demonstrationen, Unterstützung und Beratung von Dienstverweigerern«, das auch noch?

»Kriminalisierung Jugendlicher. Dazu gehören paramilitärische Übungen und Instruktionen in der Herstellung und Handhabung von Molotowcocktails.« Da hört nun wirklich alles auf! Eine Kriegserklärung ist das.

»Krieg!«, wiederholte Wüst in seinem Kopf und las den Artikel wieder und wieder und kochte.

# 12

Danilo Gromow lag bei stabilen drei Grad Celsius auf dem Rücken in einer Kühlkammer des Basler Instituts für Rechtsmedizin. In seinem Kopf seit Tagen kein einziger Gedanke.

Die Affäre Novosti schlug derweil immer höhere Wellen und schickte sie eine halbe Woche lang durchs Land.

Zuerst versandte die Schweizerische Journalisten-Union eine scharfe Stellungnahme gegen die unkritische Berichterstattung des *Blick*. Die Boulevardzeitung hatte gleich am ersten Tag an allen Kiosken neben die Gesichter von Paola Felix, Ronald Reagan und Sascha Hehn die Schlagzeile »Friedensdemos-Chaoten: Moskau mischte mit!« aushängen lassen.

»Man kann nicht kommentarlos die schweren Vorwürfe aus dem Justiz- und Polizeidepartement abdrucken, ohne zu erwähnen, dass dafür jegliche Beweise fehlen. Derartige Meinungsmache verletzt jedes journalistische Handwerk«, hieß es in der wütenden Stellungnahme der Journalisten-Gewerkschaft.

Und während Danilo Gromow vollkommen entseelt in seinem wasserdichten Leichenbeutel steckte, unfähig, einen einzigen Krankheitserreger zu verbreiten, verbreitete die Novosti-Affäre immer mehr Misstrauen im Land. Die Journalisten-Gewerkschaft setzte noch einen drauf, als sie verlauten ließ, Bundesrat Rudolf Friedrich habe der eigenen Nation den Kalten Krieg erklärt. Der Bundesrat diffamiere auf beispiellose Weise unliebsame Journalisten und mache sie brotlos. Im Interesse der »bisher weltberühmten Pressefreiheit der Schweiz« müsse unverzüglich der geheim gehaltene Untersuchungsbericht der Staatsanwaltschaft veröffentlicht werden, damit die Beweise für die infamen Anschuldigungen endlich auf den Tisch kämen.

Danilo Gromow, der nur mit einem Identifikationsarmband bekleidet in seiner Schutzhülle ruhte, hatte keinerlei Erinnerungen an den umsichtigen Gerichtsmediziner Daniel Roth, der ihn vor der Obduktion geröntgt hatte, um die genaue Lage der Pistolenkugeln im Fleisch zu bestimmen. Dieser Daniel Roth, der nacheinander alle sieben Pistolenkugeln extrahiert, jede einzelne gesichert und mit genauen Angaben zur Fundstelle im Körper markiert hatte, saß jetzt, sechs Tage später, beim Mittagessen, bestehend aus einer Piccata Milanese mit Spaghetti und Tomatensauce, auf seiner Gartenterrasse, im Schatten des Kastanienbaums, und fragte seine Frau:

»Wer bitte ist Jürg Zbinden?«

Seine Frau las ihm noch einmal vor, dass Jürg Zbinden Leiter des Ringier-Büros in Bern sei, verantwortlich für die Berichterstattung im *Blick*. Öffentlichkeitswirksam habe Zbinden heute verkündet, dass er mit sofortiger Wirkung und aus Protest gegen die »linke Hetze« aus dem Gewerkschaftsbund austrete.

Im Zeitungsinterview beklagte Zbinden die Stellungnahme der Journalisten-Gewerkschaft. Sie sei nicht nur dumm, unkollegial und eine politische Polemik, sie sei auch falsch. Selbstverständlich habe er Einblick gehabt in den Untersuchungsbericht der Bundesanwaltschaft, aber um die Quellen der Bundespolizei zu schützen, habe er ihn nicht veröffentlichen können.

Die Vorleserin lachte und warf die Zeitung ins Gras.

Danilo Gromows Körper machte keinerlei Anstalten, die tiefen Inzisionen zu heilen, die Gerichtsmediziner Roth mit seinem Skalpell durchgeführt hatte, als er sich Zugang zu den Kugeln verschaffte und Gewebeproben für weitere forensische Untersuchungen sicherte. Aber auch die Wunde Novosti heilte nicht. Nach der Journalisten-Gewerkschaft empörte sich jetzt auch die Schweizer Friedensbewegung.

»Man schlägt den Sack und meint den Esel«, erklärte ihr Präsident Hans Stebler vor den Medien. Das Departement Friedrich wolle Teilnehmer der Friedensbewegung als Moskauer Marionetten diskreditieren und die Bewegung mit dem »Russenschreck« spalten.

Eingeschlossen in seinen Sack, zeigte Danilo Gromow keinerlei Interesse daran, wie lange seine Verwahrung im Basler Institut für Rechtsmedizin noch dauern würde und wann denn nun die Einäscherung erfolgen sollte. Ohne zu atmen, lag er da.

In der Hauptstadt sah sich derweil der Nationalrat im Fall Novosti zu einer Sonderdebatte genötigt. Nach einer Rede, bei der Bundesrat Friedrich stellenweise außer

Atem gekommen und immer wieder energisch auf seine Zehenspitzen gewippt war, bekam er lauten Beifall. Auf den Pulten der Nationalrätinnen und Nationalräte lagen überall Zeitungen mit massiver Bundesratskritik. Aber ungeachtet dieser sichtbaren Zeichen einer vierten Gewalt sprachen sämtliche Fraktionen, außer die in Basel gegründete Partei der Arbeit, Bundesrat Rudolf Friedrich ihr ganzes Vertrauen aus für die unmissverständliche Stellungnahme gegen ausländische Einmischungen.

Auch der freisinnige Nationalrat Auermann wippte in seiner anschließenden Rede – obwohl an Körpergröße Rudolf Friedrich hoffnungslos unterlegen – mehrmals auf die Zehenspitzen.

»Lenin mag seit bald sechzig Jahren tot sein, meine Damen und Herren! Einbalsamiert von den besten sowjetischen Gerichtsmedizinern, liegt er in seinem angenehm kühlen Moskauer Mausoleum. Aber, meine Damen und Herren, seine Thesen verbreiten sich weiterhin wie Krankheitserreger in der kommunistischen Welt. Kennen Sie diese Thesen? Lenin sagte, dass der geheime Nachrichtendienst im Ausland auf ein Ziel hinarbeiten müsse. Nämlich mit allen Mitteln den Aufstand gegen den Kapitalismus zu entfachen! Und so ist es bis heute. Denken Sie nur an die Lage in Schweden, meine Damen und Herren. An die sowjetischen U-Boote in schwedischen Hoheitsgewässern! Die sowjetische Spionage gegen unsere militärischen Einrichtungen lässt über die Stoßrichtung sowjetischer Politik doch keinerlei Zweifel offen, meine Damen und Herren. Das ist unverzüglich zu unterbinden, und in diesem Sinne«, schloss Auermann unter Applaus, »möchten wir Bundesrat Friedrich unsere volle Unterstützung aussprechen.«

Durch Leichenfleckenbildung war Danilo Gromow jetzt farbig geworden. Sein Körper verwandelte sich zunehmend in ein weltentrücktes Objekt ohne Schmerz und Geschichte. Anders gesagt, existierten sein Schmerz und seine Geschichte nur noch symbolisch, in den Narben seines Körpers. Und sie lebten in der Erinnerung einstiger Mitmenschen und in der Obhut des Gerichtsmediziners Daniel Roth, der in diesen Minuten den Bericht über seine Untersuchungsergebnisse fertigstellte. Während er also drauf und dran war, hinter den Russen Danilo Gromow den letzten Punkt zu setzen, wurde der Basler Marktplatz zum zentralen Schauplatz der Novosti-Affäre.

Hans Stebler von der Schweizer Friedensbewegung rief, über knapp hundert Luftballons, hochgehaltene Banner und Sonnenblumen hinweg, durchs Megafon:

»Das Eidgenössische Justiz- und Polizeidepartement versucht mal wieder, die immer stärkere Friedensbewegung zu verteufeln.«

Buhrufe, die dem EJPD galten, schallten aus allen Himmelsrichtungen.

»Ich kann hier bezeugen: Kein einziges Flugblatt ist je im Berner Novosti-Büro vervielfältigt worden. Alle sind sie hier in Basel gedruckt worden.«

Die Menge applaudierte.

»Und darauf sind wir Basler stolz!«, setzte Stebler nach.

Jubel, Applaus und begeisterte Pfiffe hallten gegen die Rathausfassade.

»Und! Und, liebe Freunde! Ich schließe mich hier auch gerne den Genfer Sozialdemokraten an, wenn sie Bundesrat Friedrich vorwerfen, er ziele auf eine Kriminalisierung aller alternativen Bewegungen in diesem Land und verfolge eine Verketzerung der Linken!«

Jubel, Applaus und begeisterte Pfiffe hallten gegen die Rathausfassade, als hätte jemand die Zeit fünfundzwanzig Sekunden zurückgespult.

Auch der beschuldigte Novosti-Journalist Martin Schwander griff nach dem Megafon, stolperte auf das Podest und rief, nachdem ihn Hans rechtzeitig gestützt hatte:

»Ich wiederhole hier gerne, was ich bei der Anhörung in Bern gesagt habe. Diese ganzen Vorwürfe der Bundespolizei sind erstunken und erlogen!«

Jubel, Applaus und begeisterte Pfiffe hallten gegen die Rathausfassade.

Jasmina öffnete mit den Zähnen die große Stangenpackung Raider, die sie nach der Arbeit in der EPA gekauft hatte, und lutschte genüsslich die Karamellfüllung vom Biskuit. Eigentlich wollte sie zur Entspannung *Karussell* gucken, erwischte aber die Sonderausgabe der Tagesschau.

In der Anhörung der beiden Novosti-Journalisten, die in Ausschnitten ausgestrahlt wurde, beteuerte ein bärtiger, bebrillter Schwander in unbeholfenem Hochdeutsch:

»Ich bin niemals beteiligt gewesen an der Herstellung oder Ausprobierung von Molotowcocktails. Auch wenn das vielleicht ein Manko ist bei gewissen Leuten.«

Als Schwander bei diesem Nachsatz süffisant lächelte, beschloss Jasmina, ihm kein Wort zu glauben. Für einen Moment hatte sie die Vorstellung einer großen Untergrundverschwörung gepackt.

# 13

Wenn er den Kommunistenjäger Tom Wüst im Fall Gromow schachmatt setzen wollte, brauchte Glut Erfolge.

Sollte sich einer der Täter, wie von der Butlerin behauptet, in der Villa ausgekannt haben, wäre sie ihm mit großer Wahrscheinlichkeit früher schon einmal begegnet. Und mit ebenso großer Wahrscheinlichkeit wäre der Täter, unmaskiert, auch von dem einen oder anderen Nachbarn in der Gegend gesichtet worden. Also wollte Glut sich rund um den Föhrenweg einmal umsehen.

Vor allem hoffte er aber, auf eine nüchterne Frau Grether zu treffen. Was war überhaupt der Grund ihrer Trunksucht? Als Bodensatz ihres Elends kam vieles in Frage: Einsamkeit, Frust, Demütigungen durch Sartorius. Hass auf Sartorius? Die Butlerin hätte dann ein Mordmotiv, dachte Glut. Allerdings war es leicht, sich auch unter den Wahrsager-Kunden Feinde vorzustellen. Bei all dem Schreien und Zähneklappern auf der Videokassette hätte es nicht verwundert, wenn die Emotionen für Sartorius zum Bumerang geworden wären. Insbesondere dann, wenn dieser Hellseher Schicksalsschläge an die Wand malte und damit, wer weiß, für sich vorteilhafte Testamentsänderungen seiner Opfer provozierte.

Angehörige wären bestimmt nicht erfreut gewesen. Die hundertfünfundzwanzigtausend Franken in bar waren in jedem Fall eine verflucht eindrückliche Menge Geld für ein paar billige Rituale mit Spielkarten und einem *Dritten Testament* im Eigenverlag. Aber was wusste ein Kriminalkommissär schon über die Margen in der Wahrsager-Szene?

Glut wischte sich alle paar Meter den Stirnschweiß in die Ärmel, ging weiter durch die stillen Wohnstraßen in Richtung Gromow-Villa und hielt Ausschau nach weggeworfenen Einbrechermasken. Die Einfamilienhäuschen mit sommerlich heruntergelassenen Roll- oder geschlossenen Fensterläden standen kilometerlang Spalier. Vor den Fenstersimsen blühten, als herrsche hier weder Hitze noch Dürre, opulente Geranien. Auch in den Vorgärten beeindruckten solid bewässerte Hortensien, Kletterrosen und Sommerflieder. Ganze Schwärme von Schmetterlingen blinkten um die dicken, violetten Blütenstangen. An den Briefkästen klebten Hufeisen oder vierblättrige Kleeblätter aus bemaltem Sperrholz, in einem Fenster meldete das Bild eines Storchs die Geburt eines Froschs in Windeln mit dem Namen Marianne. Bienen und Hummeln flogen Glut um die Ohren, und dann stand er vor der Villa mit den beiden Löwenstatuen. Auch hier alle Fenster verriegelt gegen das Sonnenlicht. Unbeirrt von Mord und Totschlag, in größter Seelenruhe, schwenkte der Rasensprenger sein Feuerwerk aus Diamanten und Regenbögen von Ost nach West. Wer hatte das Ding in Betrieb gesetzt? Hielt eine betrunkene Butlerin ihr Auge auch auf den Durst des Gartens oder war sie heute nüchtern und gärtnerisch klar bei Verstand? Glut bekam dank einer leichten Brise ein paar Spritzer ab. Zwischen seinen Waden miaute es. Die weiße Katze mit den drei Augen. Glut schaute sich den faszinierenden Doppelkopf genauer an. Gott hatte wohl schlechte Laune, dachte er, während er gar nicht mehr aufhören wollte, diese sanftmütige genetische Sonderedition zu streicheln.

»He! Hey! Sie da! Fingern Sie jetzt jeden Tag an meinem Kätzchen rum?«

Jana Grether lachte kindisch.

»Frau Grether!«, rief Glut erschrocken, nachdem er auf dem Balkon im ersten Stock die sichtlich betrunkene Butlerin entdeckt hatte. »Ich mache mir nur Gedanken, und das kann ich am Tatort am besten. Wollen Sie nicht herunterkommen?«

Die Butlerin knallte wortlos die Balkontür zu.

»Dann eben nicht«, sagte sich Glut.

Die Katze setzte den Slalom um seine Beine fort.

»Jaja, wenigstens du liebst mich!«

Da tauchte Frau Grether überraschend in der Haustür auf und lud den Polizisten zum Tee ein. Den Tee will ich sehen, sagte sich Glut und schritt über den Kiesweg zur Villa, froh, in den Schatten zu kommen.

Im Haus lief ein Tonband mit mythischen Zitherklängen, die Glut ein wenig an Brian Jones in *Lady Jane* erinnerten. Nur, dass die Zither hier überhaupt nicht mehr aufhörte, sich um ihre eigene Aura zu drehen.

»Ich werde Ihnen die Zukunft voraussagen. Gratis«, sagte Frau Grether und ließ die Eiswürfel in ihrem Glas klimpern.

»Sie sollten nicht trinken, Frau Grether.«

Die Butlerin öffnete ein großes Buch, das Glut sofort als jenes aus dem Video erkannte.

*»Das dritte Testament?«*, fragte er und hoffte, die Butlerin werde ihm mehr darüber verraten.

»Die Verheißungen des magischen Quadrats«, präzisierte sie und bat ihn, seine Handflächen auf die Buchstaben zu legen.

»Können Sie so den Mörder finden?«, fragte Glut. Die Butlerin schloss die Augen und sprach:

*»Satore entrato operae portas!«*

Unter dem Tisch miaute der Doppelkopf.

»Oh, ohhhh«, machte Frau Grether. »Ich sehe zwei Weltreiche. Große Feuer bedrohen Europa. Raketen. Pilze. Furchtbares Leid. Aber jetzt. Da. Ein Held. Es ist ein russischer Held, er behält einen kühlen Kopf. Er entdeckt das falsche Feuer und …«

Frau Grether schloss die Augen und erstarrte vor Erwartung. Dann schrie sie laut:

»Gerettet!«

Glut zuckte zusammen, die Katze suchte das Weite.

»Schluss mit dem Blödsinn!«

Glut schob das Buch grob zur Seite.

»Frau Grether! Woher wussten die Täter von dem vielen Geld? Ist Ihnen unter den Masken nichts aufgefallen? Dialekte, Akzente, Sprachfehler?«, bohrte er nach, in der Hoffnung, die ekstatische Prophezeiung mit dem russischen Märchenhelden habe die Frau etwas redseliger gemacht.

»Parfüm.«

»Ein Parfüm?«

»Verlande. Der eine trug Verlande, oh Gott!«

»Verlande?«

Glut kannte sich mit Parfüms nicht aus. Seine tabakrauchgeschädigte Nase hätte vermutlich nicht einmal den Geruch eines Deodorants von dem einer Zahnpasta unterscheiden können.

»Dieses süße Zeug.«

»Aha?«

»Mein Meister verschenkte es manchmal. Wenn er sich verliebt hatte. Nur ich, ich hab nie ein solches Geschenk bekommen!«

Als Frau Grether zu weinen begann, dachte Glut zum zweiten Mal, dass sie ein Motiv hatte, Gromow zu töten. Unerwiderte Liebe, Eifersucht, tägliche Kränkung – in diesem weltabgeschiedenen Riehen bestimmt ein tödlicher Cocktail. Sicher lagen die Menschen in der penetranten Stille dieser Straßen mangels Ablenkung unterm Brennglas ihrer eigenen Gefühle und schmorten, bis sie durchdrehten. Andererseits, wenn es stimmte, dass einer der Täter just nach dem Parfüm roch, das Gromow hin und wieder verschenkte, dann wäre es fahrlässig, diese Fährte nicht aufzunehmen.

»Wem hat er das Parfüm geschenkt?«, bohrte Glut weiter. »Namen, Frau Grether!«

»Mein Kopf tut so weh!«

»Frau Grether!«

»Jajaja, ich denke ja nach. Natürlich! Der blonde Kotzbrocken!«

»Blonder Kotzbrocken«, wiederholte Glut in der Hoffnung, die Butlerin würde selbst erkennen, dass damit keine Fahndung auszulösen war.

»Ja … oder Zutt! Genau. Dieser hässliche Schönling vom Fichtenweg! Rolf Zutt! Wie ich die Schlange hasse!«

»Rolf Zutt, Fichtenweg.«

Ein Name und eine Adresse. Heiner Glut griff nach seinem Funkgerät. Es dauerte, bis er zu seinem Chef durchdrang. Hinter seinem Rücken redete sich die Butlerin derweil in Rage, wusste plötzlich von immer mehr belastenden Details zu berichten. Es klang, als wolle sie Zutt direkt an den Galgen bringen. Endlich meldete sich Hess am anderen Ende der Verbindung.

# 14

Albert Hess war kurz angebunden gewesen und hatte Gluts Vorschlag eines Zugriffs auf Rolf Zutt flott abgenickt. Er erhoffte sich im Mordfall Gromow schnelle Resultate, um von den Schlagzeilen rund um die Hausbesetzer abzulenken. Glut brauchte durchs Funkgerät nur zusammenzufassen, was er im Hintergrund von der Butlerin hörte. Dass dieser Zutt ein äußerst brutaler, immer mit seinen zahlreichen entsicherten Waffen prahlender Mann sei, der sich im Kriegszustand mit den Schweizer Behörden befinde und jederzeit auf einen bewaffneten Konflikt mit dem gesamten kapitalistischen Westen vorbereitet sei. Und dass sie eben genau diesen Terroristen unter einer der Masken vermutete.

Um neun Uhr morgens schlug der von Glut beorderte Sturmtrupp zu. Der gelernte Elektriker und erfahrene Hundetrainer Rolf Zutt saß mit seiner Frau Gabi und seinem sechzehnjährigen Sohn Luzius am Frühstückstisch, als die Polizei über die zum Garten offen stehende Tür in die Küche eindrang, in voller Montur, und »Polizei« und »Hände hinter den Kopf« und »Auf den Boden« rief.

»Aber wir sind doch Schweizer«, meinte Zutt entgeistert.

Auf der Polizeiwache knirschte er mit den Zähnen, als er von all den Unterstellungen hörte, die ihm Jana Grether angedichtet hatte. Sein aufrichtiges Wesen und der gepflegte Tom-Selleck-Schnurrbart zerstreuten unter den Beamten und Glut bald jedes Misstrauen. Dieser Mann war weder Staatsfeind noch Mörder, überdies verfügte er über das perfekte Alibi. In der Tatnacht hatte er seinen achtzigjährigen Vater auf die Notfallstation begleiten müssen, wegen hitzebedingten Kreislaufproblemen.

Danilo Gromow habe er nur sehr flüchtig gekannt. Vor sechs Monaten durfte er in seiner Villa die Elektroleitungen grundsanieren, sei dafür reich mit Trinkgeld und Geschenken belohnt worden, habe also nur beste Erinnerungen an den freundlichen Russen und bestimmt keinen Grund, ihn umzubringen.

In Zutts Einfamilienhaus fand man keine einzige Waffe, stattdessen eine Unmenge an gefälschten, signierten Fußballtrikots sowie in einer Kiste Hunderte Zeitschriften mit nackten Männern.

Ein Koffer, der Zutts Sohn zugeordnet werden konnte, erweckte kurz erhöhte Aufmerksamkeit. Er enthielt eine Menge Spielzeugwaffen aus brüchigem Plastik, Fotos, Pfadfinderzeug und einen alten Kampfanzug, der dem militanten Staatsfeind Rolf Zutt, als den ihn die Butlerin denunziert hatte, mehrere Nummern zu klein gewesen wäre. Dass das Einsatzkommando dieses Teenagerzeug dennoch zur Durchsicht (und zur Prüfung durch einen Drogenhund) mit in den Spiegelhof nahm, entsprach einer reinen Formalität.

# 15

Wie ein Jahr zuvor das Rolling-Stones-Konzert wurde diesen Sommer seit Wochen mit Spannung das Freundschaftsspiel zwischen der Schweiz und der legendären Nationalmannschaft Brasiliens erwartet. Alle sechzigtausend Tickets waren verkauft oder drehten Runden auf dem Schwarzmarkt. Doch während das Basler St. Jakob-Stadion – von den Einheimischen liebevoll »Joggeli« genannt – mit seinen kahlen Betonstufen bis hoch hinauf zum Eisenbahnviadukt noch menschenleer in der Sonne brütete, platzte auf der gegenüberliegenden Straßenseite das »Joggeli«-Freibad aus allen Nähten. Alle Baslerinnen und Basler, die ein Schwimmbecken dem Rhein vorzogen, versammelten sich hier auf dem nicht mehr sichtbaren Rasen. Das Thermometer zeigte vierzig Grad. Der zehn Meter hohe Sprungturm war belagert von jungen Männern. Einer vollführte gerade einen Kopfsprung und erntete Applaus, ein anderer blamierte sich mit einer Bauchlandung vom Dreimeterbrett.

»Voll auf die Wampe!«, unterbrach Wüst schadenfreudig seinen eigenen Vortrag und lachte.

Als Jasmina nicht mitlachte, fragte er:

»Wo war ich stehen geblieben?«

»Pershing-II-Raketen, reichst du mir die Sonnenmilch?«

»Ich verstehe einfach nicht, wie ihr alle gegen den Nato-Doppelbeschluss sein könnt«, sagte Wüst und schüttelte den Kopf.

»Du kaufst Schutzfaktor 5?«

»Europa ohne Schutzschild ist Wahnsinn!«, argumentierte Tom Wüst weiter.

»Hast du eine Sonnenphobie?«

Wüst, der nicht aufhören wollte, seinen Kopf zu schütteln, schien immer mehr in ein Selbstgespräch über die unverständlichen politischen Auswüchse der Zeit abzudriften.

»Andropow ›Mann des Jahres‹ im *Time Magazine*!«, schimpfte er. »Wer kommt als Nächstes? Carlos, der Schakal?«

Wüst lachte fast hysterisch über seinen eigenen Witz.

»Nein, der da kommt!«, sagte Jasmina.

Heiner Glut steuerte direkt auf sie zu. Extra für diesen Samstag hatte er sich eine neue Badehose gekauft.

»Hier seid ihr!«

»Ja. Von diesem Platz sieht man die Turmspringer am besten«, sagte Jasmina und schaute sich Gluts Badehose an.

»Brandstifter Glut!«, begann Wüst abfällig. »Du machst es mir fast zu leicht. Ordnest gleich in den ersten Wochen bei uns einen Sturmtrupp an und läufst damit ins Leere!«

Wüst lachte so laut, dass es Jasmina reichte.

»Geh springen, Tom!«

»Schon gut, ihr Turteltäubchen, sowieso wartet dort Simon. Ich zeig ihm heute, wie man vom Fünfer einen doppelten Salto schlägt. Könnt ja zugucken, lernt ihr mal was!«

Wüst schnellte hoch und demonstrierte dabei eine Methode, wie man aus dem Schneidersitz direkt ins Stehen kommt. Dann stolzierte er mit seinem muskulösen Rückentrapez Richtung Sprungbecken.

»Er hinkt«, sagte Glut.

»Ja, und hast du die Narbe an seiner Brust gesehen? Ein Kollege hat ihn angeschossen.«

»Verständlich.«

»Die beiden haben Duell geübt.«

Glut beobachtete, wie Wüst am Sprungturm ankam und Simon wichtigtuerisch die Hand schüttelte, als sei er mindestens Delegierter des Schweizerischen Sportverbands. Sogleich begann er, Simon die richtige Armhaltung vorzumachen, damit so ein Sprung aus mehreren Metern Höhe gelang.

»Duell?«, fragte Glut verzögert, als hätte er sich vorhin verhört.

»Schnellziehen aus dem Pistolenhalfter«, sagte Jasmina. »Dabei hat sich ein Schuss gelöst.«

Simon stand nun auf dem Einmeterbrett. Seine abgeduschte Haut war nass und weiß wie die einer Schnecke. Die Körpersprache verriet mäßiges Interesse an Wüsts Instruktionen. Glut sah, dass sich dieser Simon als Einziger gegen den großspurigen Kollegen überhaupt nicht zur Wehr setzen konnte, ihm vollkommen ausgeliefert war. Jetzt stand er ganz vorne am Sprungbrett, zuckte zusammen, nachdem Wüst ihm irgendein Kommando zugerufen hatte, das es im lärmigen Getümmel nicht bis zu Gluts Ohren schaffte. Simons Kopfsprung ins Wasser misslang auf eine komische Art. Vermutlich hatte er sich vor dem Sprung noch räuspern wollen und Wüsts Befehl hatte ihn auf dem falschen Fuß erwischt. So wurde aus dem Springen nur ein Fallen, das Simon nachträglich in einen Kopfsprung zu verwandeln versuchte. Sein Körper tauchte krumm und geräuschlos wie ein Wurm ins Wasser. Das also war das Polizeigenie Simon mit dem Atomreaktorkopf, dachte Glut und empfand auf eine fast väterliche Weise Mitleid.

»Autsch!«, sagte auch Jasmina in mütterlichem Ton. Dann wandte sie sich mit demselben mitleidvollen Gesicht Glut zu.

»Deine Razzia im Fichtenweg war aber auch ein ziemlicher Schlag ins Wasser.«

»Rolf Zutt war immerhin ein Name. ›Blonder Kotzbrocken‹ steht leider nicht im Telefonbuch«, verteidigte sich Glut.

»Ganz ehrlich. Ich gebe dir kein halbes Jahr bei uns. Das sehe ich an deiner Nase.«

»An meiner Nase?«

»Ja. Für einen detachierten Korpsangehörigen ist sie zu zart. Wenn ich dich so anschaue, wärst du eher... ein guter Tierarzt.«

Jasmina lachte und Glut sah ihre schönen Zähne. Da sie schon beim Thema »Tier« angekommen waren, erzählte er ihr von der Katze mit den zwei Köpfen. Jasmina lachte wieder, und so verstrichen unter der gnadenlos brennenden Sonne ein paar richtig gute Minuten.

Mit der Ruhe vorbei war es, als aus der Ferne Geschrei und Tumult ertönte. Zwei junge Männer beschimpften sich aus vollen Kehlen. Wüst war bereits zur Stelle.

»Glut, bei Fuß! Da prügeln sich zwei Idioten halb tot, lass uns eingreifen!«, schrie er über die Wiese und deutete mit dem Arm auf die Schlägerei, die innert Sekunden filmreif eskalierte, weil Wüst sich sogleich übereifrig in Szene setzte, aber niemand glaubte ihm, dass er von der Polizei war – obwohl er es dreimal wiederholte.

»Verflucht«, sagte Glut und rannte los.

»Sicher Hooligans!«, rief ihm Jasmina nach, stand auf und näherte sich ebenfalls dem unappetitlichen Durcheinander aus Fäusten, geplatzten Lippen und gebrochenen Nasen.

Auweia, Glut, pass auf dich auf. Die bringen sich ja wirklich um, dachte Jasmina und spürte in ihrer Brust einen unerwünschten Ruck.

# 16

Durch die von Auguste Rodin geformten Unterarme spähte Tom Wüst auf einen bebrillten Mann, der seit Minuten unter den Arkaden des Innenhofs hin und her tigerte. Wüst tat, als würde er sich für die Bürger von Calais interessieren. Er war sich sicher, dass dieser 1.90 große Mann alle Absichten der Welt hatte, nur garantiert keinen Besuch im Kunstmuseum. Und wenn doch, dann bestimmt nicht, um Picassos persönliche Geschenke an die Stadt Basel zu bewundern, sondern um ein konspiratives Treffen abzuhalten.

Der Mann, den Wüst beschattete, war Russe, Name noch unbekannt. Er stand unter dem dringenden Verdacht des fortgesetzten Nachrichtendienstes gegen fremde Staaten und der Urkundenfälschung. Wüst hatte das Fahndungsbild in einem Rapport der Bundespolizei fedpol gesehen, sogleich kopiert, ausgeschnitten und in seine Brieftasche gesteckt. Aus dem Rapport war hervorgegangen, dass man dieser Tage die Einreise des Russen via Flughafen Basel-Mulhouse erwartete. Wüst hatte dem fedpol-Kollegen seines Vertrauens, Kurt Sutter, sofort seine Hilfe bei der Überwachung angeboten, denn im Fall Gromow steckte Wüst, genau wie Glut und

Simon, in einer Sackgasse. Warum also Däumchen drehen, wenn man am Flughafen einen spannenden Fang machen konnte? So taten Sutter und Wüst ein paar Stunden später in Frankreich ihren Dienst. Genauer gesagt, im schweizerischen Teil des Basler Flughafens, sozusagen einer Schweizer Enklave auf französischem Boden. Prompt war es dann Wüst und nicht Sutter gewesen, der in der Ankunftshalle den gesuchten Russen unter der großen Jaruzelski-Brille erkannte. Statt ihn umgehend festzunehmen, beschlossen Wüst und Sutter, ihm unauffällig zu folgen und herauszufinden, was er vorhatte.

Jetzt bewegte sich die Zielperson erneut Richtung Eingangstür, wendete, sah zum dritten Mal in kurzer Folge auf die Armbanduhr und verlor die Geduld. Das Zeitfenster hatte sich für ihn geschlossen. Der Russe machte sich von den Socken. Er schritt rasant aus dem Innenhof, bog rechts ab Richtung Zschokke-Brunnen. Für Wüst und Sutter war damit klar, es gab hier und heute keine zwei Fische zu fangen. So nahmen sie schnellen Schritts den Mann in die Zange und führten ihn ab.

Es schien, als hätte dem Mann das Ausbleiben der Kontaktperson klargemacht, dass er in der Falle saß. Vermutlich hatte er mit dem Schicksal einer unmittelbar bevorstehenden Verhaftung bereits seit Minuten gerechnet, entsprechend verhielt er sich jetzt professionell.

Zwei Stunden später analysierten Sutter und Wüst im Spiegelhof die Lage. Da der Verhaftete ohne seinen Anwalt jede Aussage verweigerte, mussten vorerst die bei ihm gefundenen Gegenstände sprechen. Drei Reisepässe hatten sie gesichert, alle mit demselben Passfoto. Im russischen Pass hieß der Mann Michail Wassiljewitsch Nikolajev, in den amerikanischen Pässen einmal Ronald Vincent Miskell, einmal Dale Paul Nelson. Des Weiteren hatten sie beeindruckende hundertfünfzigtausend Franken in bar, österreichische Schillinge und mehrere Tausend Dollar, die der Mann in einer Ledertasche auf sich trug, beschlagnahmt. In derselben Ledertasche befanden sich vierzehn Sicherheitsfilme. Sutter erklärte Wüst, es handle sich dabei um Schwarz-Weiß-Filme für eine große Anzahl Aufnahmen. Sie waren in original Kodak-Schachteln verpackt und in ordinäre Kodacolor-Spulen eingerollt. Ebenfalls hatte der Mann unsichtbare Schreibmaschinentexte bei sich, die durch Chemikalien lesbar gemacht werden konnten, einen Sendeplan mit Frequenzen und Sendedaten sowie einen Kugelschreiber, in dessen Innerem, um die Mine gewickelt, Wüst einen kleinen Zettel entdeckte. Mit Bleistift stand darauf gekritzelt:

»А-Пикассо 7/5/10, В-Третий Завет 7/11/14«

Wüst, der etwas Russisch konnte, bewegte stumm die Lippen, während er in seinem Kopf die Worte *Pikasso* und *Tretiy Zavet* entzifferte. *Tretiy Zavet.* Drittes Testament. Sofort ballte er die Faust, als hätte er im Lotto gewonnen.

»Aha?«, sagte Sutter, der die Siegesgeste nicht verstand, aber Wüst hatte nicht vor, den Berner Kollegen über seine spontane Reaktion aufzuklären. Wenn Wüst den Jackpot witterte, wurde er zum Einzelkämpfer. Und das kleine Zettelchen im Kugelschreiber roch jetzt wie ein verdammter Super-Mega-Jackpot. Nicht die Bundespolizei, nicht Hess, nicht Simon, nicht Jasmina und schon gar nicht Glut durften erfahren, was er hier in der Hand hielt. Diese Lorbeeren gehörten ihm.

»Du weißt, was das heißt?«, fragte Sutter und gestattete dem kleinen Zettel zum dritten Mal, dass er sich um seinen Zeigefinger wickelte.

»Ich habe keinen blassen Schimmer, aber ich liebe umfunktionierte Kugelschreiber und all diesen 007-Spionagekram.«

»Na ja, gut. Ich finde es raus. Jedenfalls danke, Tom. Ohne dich hätte ich den Russen am Flughafen unter der Brille nicht erkannt. Wenn du irgendwas rauskriegst, ruf mich an, der Fall liegt jetzt wieder bei mir.«

»Geht klar, M!«, sagte Wüst und schlug seinen flachen Handschirm zur Schläfe.

# 17

Neununddreißig Grad. Basel glühte. Während auf dem Bruderholz, tief unter dem Boden, im erdbebensicheren Hörspielstudio von Radio DRS, der beliebte Volksschauspieler Ruedi Walter einen Priester spielte, der eine chemieverseuchte, moralisch verkommene Schweiz zu retten versucht, flimmerte achthundert Meter südlich eine Dokumentation über Feststoff-Raketen mit Atomsprengköpfen über den Bildschirm.

Durch die Tür bellte schon wieder der Bullmastiff des Barkeepers. Das Sofa war heute ganz in die vordere Ecke geschoben. In der Mitte des Kellerraums, auf zwei Holzböcken, lag die Tür des Gartenschuppens als Arbeitsfläche, abgedeckt mit Zeitungspapier. Die Werbeanzeige für einen Sony Walkman begegnete da, kopfstehend, einer Schlagzeile über sauren Regen. Seitlich schnitt ein Golf Cabrio Helmut Kohl das Ohr ab. Die mit Chanel N°22 lockende Christie Brinkley küsste Johannes Paul II., und ein zerrissener Artikel über bleifreies Benzin überlagerte schräg Konrad Kujau, der seinerseits einem Zirkusclown mit dem Gesicht von Roger Moore die Show stahl.

Während Jörg den unaufhörlich in den Himmel startenden, durch den Himmel schießenden, aus dem Himmel herabstürzenden Pershing-II-Raketen zusah, warf er ängstliche Seitenblicke auf die schwere Bunkertür des Luftschutzkellers. Wie schnell würde sie sich schließen lassen? Im Moment versperrte das Sofa ihren Schwenkbereich, und obwohl er die Eltern des Barkeepers noch nie zu Gesicht bekommen hatte, rechnete er damit, dass sie im Ernstfall hier auftauchen und Schutz suchen würden. Man müsste also erst auf die beiden warten, während die Uhr apokalyptisch tickte. Und sowieso. Jetzt, mit diesem improvisierten Basteltisch und all den Töpfen, Gläsern und Flaschen, war hier überhaupt kein Platz für vier Menschen. Außerdem stand das Holzgestell mit den Konservendosen und den Wasserflaschen einfach im Vorraum ohne Panzertür. Alles war genauso dumm wie bei ihm zu Hause. Auch Jörgs Eltern waren auf den Atomschlag absolut nicht vorbereitet. Im Keller hatten sie überhaupt keine Wasserreserven. Die paar wenigen Flaschen Bier standen alle oben im Kühlschrank und das Klopapier lag im Putzschrank im Erdgeschoss. Im Luftschutzbunker standen stattdessen ihre Skiausrüstungen, die Schlitten, zwei alte Fahrräder, ein paar auseinandermontierte Schränke von Interio.

Der Dokumentarfilm zeigte zum dritten Mal die Atomexplosion im Bikini-Atoll. Eine hellbraune, blumenkohlartige Rauchkrone wuchs auf einer schneeweiß anschwellenden Kugel. Dann sah man wieder die verbrannten Opfer von Hiroshima und Nagasaki. Jörg schaltete den Fernseher aus und sah zu, wie der Barkeeper mit Taucherbrille und gelben Gummihandschuhen in einem Gurkenglas eine unbekannte Flüssigkeit anrührte.

»Zutt hat Besuch von den Bullen bekommen«, sagte der Barkeeper.

»Woher weißt du das?«

»Immer, wenn irgendwas passiert, ruft mich der Verräter an und will wissen, ob ich Informationen habe. Als ob wir hier nicht genug zu tun hätten, oder?«

»Ja, Mann, Zutt ist so doof!«

»Ich glaube, Zutt steht auf mich. Junge Gewinner wie ich versetzen alte Verlierer in Aufregung. Peinlich«, sagte der Barkeeper verächtlich.

»Peinlich, ja. Aber warum gehen wir dann nach der Hundeschule immer mit ihm Pizza essen?«

»Weil er die besten Hunde hat.«

Das stimmte. Zutt hatte die schönsten, aber auch die gefährlichsten Hunde von ganz Basel. Bullmastiffs, Dobermänner, American Pitbull Terriers, Dogo Argentinos. Zuverlässig erschienen sie in Jörgs Albträumen. Letztes Mal hatten sie ihn bis auf die Pfalz hinter dem Münster gejagt. Er sprang auf die Brüstung, sah unten in der Tiefe, am Rheinufer, die Polizei, fuchtelte mit den Armen, schrie um Hilfe und bettelte um ein Sprungtuch. Aber die Polizisten griffen nach ihrem Megafon und forderten ihn auf, in den Tod zu springen. Schon fielen ihn die Hunde an. Jörg stürzte von der Brüstung ins Leere und erwachte.

»Was wollten denn die Bullen von Zutt?«, fragte Jörg.

»Reg dich wieder ab! Die schnüffeln halt rum, ist ihr Job.«

»Ich weiß, aber haben sie ...«

»Zutt ist ein Idiot!«, fiel ihm der Barkeeper ins Wort und rührte schneller.

»Ich weiß. Er hat sich von dir gefälschte Brasilien-Trikots andrehen lassen«, lachte Jörg und hoffte, sein Freund würde ins Lachen miteinstimmen, aber man hörte nur seinen Löffel im Gurkenglas. Während er rührte, schüttete der Barkeeper aus einem gelben Plastikbehälter farbloses Salz nach. Der Behälter zeigte das Gefahrensymbol einer explodierenden Bombe.

»Ist das sehr gefährlich?«, wollte Jörg wissen.

»Kaliumchlorat! Nachher bepinselst du das weiße Papier damit.«

»Ich?«

Das Wort »Kaliumchlorat« klang gefährlich. Jörg wollte damit nichts zu tun haben. Lieber ginge er mit dem Bullmastiff raus, das war, bis jetzt jedenfalls, immer irgendwie gut gegangen. Chemikalien schienen Jörg unberechenbarer als Hunde, und sie machten den Keller des Barkeepers zu keinem sicheren Ort mehr.

»Ich könnte mit deinem Hund raus«, sagte Jörg. »Er bellt schon die ganze Zeit.«

»Bleib endlich cool, Jörgi. Das wird unser Sommerhit. ›Cocktail Second World War‹. Jetzt sind wir im Geschäft. Ich hab neue Kunden in Deutschland. Echte Kommunisten! Morgen reisen die zur Friedensdemo nach München und brauchen ein bisschen Munition.«

Der Barkeeper schaute durch die Flüssigkeit auf Jörg und grinste. Der grinste mit, wollte seinem Freund beweisen, wie mutig er war, ihm das Glas nur kurz aus der Hand nehmen. Dabei stieß er mit dem Ellbogen gegen eine Flasche und hätte sie fast umgeworfen.

»Haihaihai!!! Jörgi! Die Schwefelsäure brauchen wir noch, die mischen wir nachher schön ins Benzin.«

»Wird das jetzt alles giftig?«

»Besser! Pass auf!« Der Barkeeper wickelte Papier um die Flasche.

Jörg musste zugeben, dass er genial aussah, sein einziger Freund. Wie so ein junger, verrückter Professor, dessen geheime Operationen bald die Welt verändern würden. Er war stolz, bei dieser aufregenden Sache dabei zu sein. Die Handgriffe, die der Barkeeper ausführte, wirkten routiniert. Das hatte etwas Beruhigendes. Sein Freund war vielleicht verrückt, aber ungeschickt war er nicht.

»So, und wenn ich die Pulle jetzt auf deinen Schädel schlage, zerbricht das Glas, die Schwefelsäure berührt das Kaliumchloratpapier und Kawumm! Unser frisiertes Benzin brennt tausendmal heißer als normales Benzin. Dein Schädel schmilzt und dein winziges Mückengehirn kann man sogar aus dem All sehen, das macht dann Hiroshima Konkurrenz, verstehst du? Heißer gehts überhaupt nicht!«

Jörg wurde schwindlig. Er setzte sich auf die Lehne des Sofas und meinte, ihm sei eigentlich heiß genug.

»Quatsch, Jörgi«, zischte der Barkeeper ihn an. »Merkst du es immer noch nicht? Der coolste Ort in ganz Basel ist mein Luftschutzbunker.«

»Ja. Doch«, sagte Jörg und schaffte ein steifes Lachen.

# 18

Organisatorisch war Glut im Mordfall Danilo Gromow seit ein paar Tagen auf sich selbst gestellt.

Albert Hess traf sich täglich mit den Kollegen vom Betäubungsmitteldezernat und schlug sich mit »militanten Chaoten« aus der Hausbesetzerszene herum. Simon Isler hatte sich in seinem Labor zwischen irgendwelchen Haarfunden und Fußspuren vom Riehener Tatort vergraben und war nicht anzusprechen, bevor er nicht »definitiv zielführende Schlussfolgerungen« formulieren könne. Tom Wüst sah Glut seit Tagen nur noch geheimnisvoll verschwiegen beim Morgenrapport, und Kollegin Jasmina Matter war ins Hooligan-Milieu abgetaucht, bisher jedoch ohne die Friedhofsvandalen vom Wolfgottesacker ausfindig machen zu können.

Also meisterten Glut und sein Team aus zwei Unteroffizieren, einem Wachtmeister und einem Gerichtsarzt die Ermittlungen in Eigenregie. Aktuell verfolgten sie drei Spuren.

Auf die erste Spur hatte Glut seine beiden Unteroffiziere angesetzt. Sie überprüften sämtliche Personen, die man in Gromows Unterlagen als Klienten des Wahrsagers identifizieren konnte, und hofften auf jemanden zu stoßen, der Gromow feindlich gesinnt war. Glut hatte, was diese Spur anging, nur kurz in Sartorius' *Drittes Testament* hineingelesen und schnell eine Menge Gründe gefunden, diesen Wahrsager nicht zu mögen. Verschwörungstheorien in jedem Kapitel. Unter anderem war Sartorius Anhänger der These, das Aidsvirus stamme aus einem amerikanischen Labor und das Ziel dieser Biowaffe sei die Auslöschung sämtlicher homosexueller Männer, darunter auch Sartorius' großer Mentor Carlos Nahom Oshoeda, von dem Glut allerdings noch nie irgendwas gehört hatte.

Die zweite Spur war diffiziler. Nachdem die Butlerin zu Protokoll gegeben hatte, einer der Täter sei parfümiert gewesen und ihr Meister habe immer wieder an verschiedene Männer Parfüm verschenkt, war eine Täterschaft im Strichermilieu nicht auszuschließen. Zumal Simon dies bereits auf der Rückfahrt vom Tatort »aufgrund gewisser Accessoires im Kleiderschrank sowie intensiver Düfte im Schlafzimmer für statistisch erwägenswert« gehalten hatte.

Also beschloss Glut, demnächst noch einmal diesen Rolf Zutt aufzusuchen. Nicht, weil er ihn plötzlich für den Mörder hielt, sondern weil dieser verheiratete Mann mit den versteckten Männerzeitschriften möglicherweise ein Doppelleben führte. Vielleicht wusste er über Gromows Privatleben mehr, als er zugab, wenn er behauptete, er kenne diesen Mann nur als sympathischen Auftraggeber elektrischer Installationen.

Die dritte Spur erschien Glut die komplexeste. Er hatte heute Morgen Stunden mit einem Wörterbuch über Gromows kyrillischen Rechnungsbüchern gesessen. Er wollte die Geldflüsse und die Herkunft der teils beachtlichen Beträge verstehen. In drei Dokumenten tauchte das rot unterstrichene Wort Новости auf, das Glut beim Nachschlagen als *Novosti*, zu Deutsch »Nachricht« identifizierte. Und weil das Wort »Novosti« derzeit alle Schlagzeilen beherrschte, sah sich Glut genötigt, die politischen Ereignisse in Bern nachzulesen.

In der Kantine zündete er sich eine Zigarette an und blätterte die herumliegenden Zeitungen nach dem Wort »Novosti« durch.

Blablabla. Da. Bundesrat Friedrich, so stand es hier, hatte die Filiale der russischen Nachrichtenagentur Novosti schließen lassen und deren Leiter, Alexei Dumow, des Landes verwiesen. Glut notierte sich den Namen Alexei Dumow. Zwei Schweizer Novosti-Mitarbeiter, beide Mitglieder der PdA, wurden als Handlanger Moskaus bezeichnet. Glut notierte sich die Namen Martin Schwander und Philippe Spillmann. Der Bundesrat, blablabla, hielt in einer Erklärung fest, dass diese Kommunisten, blablabla, paramilitärische Schulungsübungen mit Jugendlichen, blablabla, etwa zum Thema Molotowcocktail-Technik, blablabla. Jugendliche Paramilitärs in der Schweiz? Reichlich an den Haaren herbeigezogen, dachte Glut. War Bundesrat Friedrich zuletzt auch nur so ein Tom Wüst? Glut blies seine auf die Zeitung gefallene Asche weg, auf dem rechten Auge von Friedrich blieb ein Brandfleck zurück. Blablablablabla. Vertreter der Friedensbewegung bezeichneten Justizminister Rudolf Friedrich als »paranoiden Antikommunisten und Kriegstreiber«. Von der linken *WochenZeitung WoZ* sei er als »bedrohungsfixierter Spionagepfadi« bezeichnet worden, klagte ein Artikel der *Neuen Zürcher Zeitung*.

»Spionagepfadi«, lachte Glut. Den Spitznamen wollte er sich merken. Würde Wüst ihn das nächste Mal Brandstifter nennen, wüsste er jetzt eine Revanche. Spionagepfadi. Glut stützte sein Gesicht auf die linke Faust und schaute aus dem Fenster.

Spionagepfadi. Pfadfinder. Paramilitärische Jugendliche, grübelte er.

Dieser Koffer, dachte er.

Dieser Koffer dieses sechzehnjährigen Sohns von diesem Zutt, dachte Heiner Glut.

Dieser Koffer mit dieser Militäruniform und diesen Fotos!

Aufgeregt eilte Kriminalkommissär Glut hinüber in den Westflügel in die stickige Asservatenkammer. Nachdem er sich beim Kollegen mit Namen und Uhrzeit eingetragen hatte, knöpfte er sich das Objekt Zutt 1.1 vor. Den Kampfanzug muss der kleine Luzius in irgendeinem Brockenhaus gefunden haben, es war keiner der Schweizer Armee, und er war in einem erbärmlichen Zustand. Die Plastikhandgranaten waren wohl Gimmicks aus der Kinderzeitschrift *Yps*. Glut blätterte die Pfadfinderfotos lächelnd durch, dann stieß er auf einen gummibandumspannten Stapel Fotos, der Luzius und seine Freunde nicht mehr beim Holzsammeln, Feuermachen oder Baumhüttenbauen zeigte, sondern auf einer Kampfbahn und in einer Art Schützengraben. Und da war dieser groß gewachsene, vermummte Kerl mit der Che-Guevara-Mütze. In der Hand hielt er ohne jeden Zweifel einen Molotowcocktail. Lange starrte Glut auf diesen Kämpfer. Seine Körpersprache sah nicht nach Spaß aus. Zweifellos das Alphatier der Gruppe. Glut sah alle Fotos durch, aber sein Gesicht war nirgends zu erkennen.

Zurück im Büro, bewegte sich Kriminalkommissär Heiner Glut schneller, zog kräftiger an seiner Zigarette. Die Art und Weise, wie er jetzt ins Spekulieren kam, erinnerte ihn an Wüst. So schnell war ein fanatischer Funke entfacht, wenn man im Tintenklecks den Teufel gesehen hatte.

Was, wenn diese Fotos die Jugendlichen aus der paramilitärischen Novosti-Schulung zeigten, und was, wenn der Riehener Wahrsager jene Agitationen tatsächlich finanziell unterstützt hatte? Dann sähen sich Glut und das Basler Kriminalkommissariat nicht nur in der Mitte der Novosti-Affäre, es kämen auch eine Vielzahl neuer Motive infrage und der mögliche Täterkreis würde sich schlagartig erweitern. Der Mörder wäre dann unter all jenen zu suchen, die erstens von den pikanten Zahlungen wussten und sich zweitens daran störten. Und darunter fielen im Grunde sämtliche Kalten Krieger der westlichen Hemisphäre. Sogar Kollege Wüst wäre dringend tatverdächtig.

Glut wischte seinen Schweiß ins Taschentuch und fragte sich, ob der Virus von Wüsts Kommunistenphobie auf ihn übergesprungen sei. Zeigte er erste Symptome von Paranoia, wenn er beim Wort »Novosti« sofort an die aktuellen Fernsehnachrichten dachte? Das Wort hieß doch erst mal nichts anderes als Nachricht, rief sich Glut in Erinnerung. Er hätte erst beweisen müssen, dass

Sartorius damit die sowjetische Nachrichtenagentur meinte. Und konnte dieser unscheinbare Föhrenweg wirklich eine Finanzdrehscheibe sowjetischer Agitation sein? Es war, wie aus den Zeitungsartikeln hervorging, ja noch nicht einmal gesichert, ob Bundesrat Friedrichs Vorgehen gegen Alexei Dumow überhaupt angemessen war. Die beiden beschuldigten Schweizer Mitarbeiter wehrten sich jedenfalls vehement gegen alle Vorwürfe. Doch was, wenn sie logen? Was, wenn einer von ihnen, entweder dieser Schwander oder dieser Spillmann, der vermummte Che Guevara war? Das hieße nun wirklich das Pferd der Mutmaßungen von hinten aufzäumen, dachte Glut. Es wären dann plötzlich alle Kinder, die im Wald Räuber und Polizist spielten, potenzielle Moskauer Marionetten. Glut selbst hatte als Dreizehnjähriger mit seinem Cousin stundenlang mit Knallpistolen und Knallkarabinern im Wald herumgeballert, sich hinter umgefallene Bäume geduckt, Tannenzapfen wie Handgranaten geworfen, Russen umzingelt oder Nazis gefangen. Sein Cousin hatte es geliebt, den Angeschossenen zu mimen, stöhnend ins Laub zu fallen und sich vom blonden Nachbarsmädchen retten zu lassen.

Nein. Unterm Strich hatte Glut nichts in der Hand. Eine dubiose Novosti-Affäre in Bern, das russische Wort für »Nachricht«, das in Gromows Rechnungsbüchern auftauchte, und einen Teenager, der im Wald Krieg spielte. Das war alles. Klar würde Glut es beim nächsten Morgenrapport in die Runde werfen, besser als gar nichts. Wüst würde applaudieren, Hess »Sonst noch was?« sagen, und dann wäre er wieder auf sich gestellt. Zwar hoffte er noch auf die Kollegen von der Wirtschaftskriminalität, die Gromows Kontobewegungen analysierten, aber Glut ging aufgrund des hohen Barbetrags in der Riehener Villa davon aus, dass der Wahrsager wenig Vertrauen ins Schweizer Bankgeheimnis hatte und das meiste in bar und mit Kurieren abwickelte, wenn er denn überhaupt krumme Geschäfte abwickelte.

Es war 19 Uhr 30. Die Sonne brannte noch immer, als gäbs kein Morgen, doch es war Zeit aufzuhören. Jasminas verlassener Schreibtisch verlockte Glut zu ein paar Seitenblicken. Nicht, dass er nach Hinweisen auf die Qualität ihrer Beziehung mit Hess suchte, aber beim Anblick der geöffneten Sonnenmilch spürte er, dass ihn ihre Abwesenheit betrübte. Er schloss den Deckel der Tube mit einem lauten Klick und machte Feierabend.

# 19

Links und rechts und hinter Gluts Rücken bellten aufgeregte Hunde. Von Hundetrainern und Hundebesitzern wurden abwechselnd Anweisungen, Kommandos und lobende Worte gerufen. Glut glaubte, auch die Hundepfeifen zu hören, die von den Trainern immer wieder an die Lippen geführt wurden. Überall suchten große und kleine Vierbeiner unermüdlich nach irgendwelchen bunten Objekten, apportierten Bälle, sprangen über Agility-Hindernisse und krochen wie perfekte Soldaten blitzschnell durch Tunnel. Vor Glut stand breitbeinig der Leiter dieser Hundeschule, Rolf Zutt, und sagte:

»Hören Sie, ich weiß nicht, wer meine Familie immer noch nerven will und gemeines Zeug verbreitet, aber wir haben nichts zu verbergen. Ja, klar, vor zwei Jahren hatte mein Sohn paar Probleme, wissen Sie, ich bin schon mit zwanzig Vater geworden, das war zu früh, ich war ein Kindskopf, überfordert, ja, wirklich, ich war ein richtig mieser Vater, muss ich heute sagen. Klar hat sich da Luzi andere Vorbilder gesucht und, na ja, bei der Wahl kein gutes Händchen bewiesen. Weil er den einen noch seit der frühesten Schule kannte, war er da in dieser Gruppe, und die haben dann plötzlich Che Guevara für sich entdeckt und im Wald einen Che-Gedenkstein errichtet und als Guerillas die Weltrevolution vorbereitet, aber Luzi ist ein sensibles Kind, und neugierig, ja, der hat das sofort genauer wissen wollen, das da mit diesem Che Guevara und mit Kuba und all dem Zeug. Und da hat er sich, das müssen Sie sich vorstellen, da hat er sich, ohne mir was zu sagen, selbst an die kubanische Botschaft gewandt. Mit vierzehn! Ich hab mit vierzehn noch mit meinen Haustieren gespielt! Und da hat Luzi dann mit dem Präsidenten der Vereinigung Schweiz-Cuba telefonieren dürfen und sich sogar mit ihm getroffen. Mit vierzehn! Und dieser Präsident, der war dann ganz schnell so eine Vaterfigur für Luzi. Der Typ hat hier im Kirchgemeindesaal extra für meinen Sohn und seine Freunde einen öffentlichen Vortrag über Kuba gehalten, da ist sogar der Ehemann der kubanischen Botschafterin gekommen, und der Pfarrer war auch da, der wollte natürlich überprüfen, ob jetzt irgendwie so marxistische oder atheistische Propaganda gemacht wurde in unserem Quartier.«

Zutt lachte.

»Jedenfalls war das plötzlich alles ganz hochoffiziell, und mein Sohn hat danach nicht mehr im Wald rumballern wollen, weil dieser Präsident, von dem Kuba-Schweiz-Verein da, der war ja zufälligerweise auch gleich noch Sozialarbeiter neben seinen Präsidentensachen und dem Journalismus und so, und der hat Luzi so richtig unter seine Fittiche genommen und ihm gesagt, Beruf kommt vor Politik. Weil Luzi, müssen Sie wissen, der war ja drauf und dran, nach Kuba abzuhauen, mit vierzehn, müssen Sie sich mal vorstellen! Als Elektriker hab ich ihm da natürlich nicht viel Abenteuer anbieten können. Na ja, jedenfalls. Luzi hat sich dann später von der Gruppe im Wald distanziert und eine Schnupperlehre als Automechaniker gemacht. In der Gruppe kam das gar nicht gut an, bei denen hats dann richtig Streit gegeben, Machtkämpfe und so. Klar. Man hat plötzlich gesehen, wer hier der Denker und wer der Kämpfer war. Und Luzi war eindeutig mehr der Denker.«

»Ein Denker, der Mofas klaut?«, warf Glut ein, der sich das Strafregister der Familie angeschaut hatte.

»Was? Okay. Klar. Die Polizei weiß alles, gut, aber nein, das ist vorbei. Und Luzi ist auch da wieder, ich meine bei dem Prozess, ganz super von diesem Berner Sozialarbeiter betreut und unterstützt worden. Das war richtig toll, ich hätte das selbst nie gekonnt. Aber eben. Die Gruppe im Wald. Die hat das Luzi nie verziehen, da gabs paar unschöne Geschichten noch, aber was wollen Sie denn jetzt überhaupt wissen von mir?«, fragte Zutt und nickte einem anderen Hundetrainer ermutigend zu, der ihm aus der Ferne gestisch gerade irgendeine Frage gestellt hatte.

»Sagen Sie mal, dieser Berner Sozialarbeiter und Journalist. Hieß der etwa Schwander, Martin Schwander?«, fragte Glut.

»Ja, so hieß der, genau. Ist ja echt unheimlich. Ihr Polizisten wisst einfach wirklich alles. Manchmal, wenns so knackt in der Leitung, denk ich schon, ihr Teufelskerle hört das Telefon ab. Quatsch, ich mach natürlich nur Spaß!«, lachte Zutt.

Glut lachte mit. Aber in seinem Kopf rasten die Gedanken. Offensichtlich las dieser Zutt keine Zeitung und hatte keine Ahnung, dass Schwander gerade national am Pranger stand.

»Sagen Sie mal. Dieser Martin Schwander. Wusste der von der Guevara-Gruppe?«

»Ja, klar, drum hat er sich um Luzi auch solche Sorgen gemacht, er wollte ihn da rausholen, was ihm ja dann auch gelungen ist. Ein paar von der Gruppe waren übrigens auch bei dem Vortrag, fanden das aber todlangweilig. Danach hassten sie Schwander. Mit schönen Worten sei kein Krieg zu gewinnen, sagten sie zu Luzi. Völlig verrückt. Unsere heutige Jugend redet von Krieg. Die haben dann dem Schwander und meinem Sohn fürchterliche Dinge unterstellt, sexuelles und politisches Zeug, ich will das hier gar nicht wiederholen.«

»Verstehe«, sagte Glut und merkte, dass ihm in der prallen Sonne bald schwarz vor Augen würde, wenn er den gesprächigen Zutt nicht langsam bremste und das Verhör beendete.

»Haben Sie je Besuch von der Bundespolizei bekommen? Sie oder Luzi? Oder gehört, dass die Bundespolizei hier oder bei der Gruppe im Wald war und Fragen stellte?«

»Nein, warum?«, sagte Zutt und wischte sich die Stirn mit seinem tätowierten Unterarm ab. Das Tattoo wirkte billig, fast selbst gemacht, und zeigte im Dreieck angeordnet drei stilisierte Hundepfoten.

»Das hier ist meine dritte Begegnung mit der Polizei. Der Töff-Prozess, die Razzia, jetzt Sie. Also Bundespolizei brauch ich da nicht auch noch.«

Glut gab ihm recht, verabschiedete sich dankend und suchte einen Weg aus dem Trainingsgelände, auf dem er nicht gleich von einem dieser vierbeinigen Soldaten umgerannt wurde. Als er das rostige Zauntor hinter sich schloss, fiel ihm ein, dass er Zutt keine einzige Frage zum Strichermilieu gestellt hatte. Deswegen war er doch eigentlich hergekommen. Kurz verlangsamten sich seine Schritte, doch siegte seine Scham über die Professionalität. Außerdem musste er dringend im Schatten eine Zigarette rauchen und über die Che-Guevara-Gruppe nachdenken. War das nicht äußerst seltsam? Von Zutt erfuhr man von einem Martin Schwander, der einen Teenager mit beträchtlichem Zeitaufwand aus einer militanten Gruppe befreite, während die Bundesanwaltschaft Schwander als ideologischen Brandbeschleuniger, sogar als Molotowcocktail-Instruktor ebenjener Gruppe darstellte. Jemand verfehlte hier, willentlich oder versehentlich, deutlich die Wahrheit. Glut musste herausfinden, wer und warum.

Als Nächstes würde er bei der fedpol in Bern nach dem dortigen Ermittlungsstand in Sachen Che-Guevara-Gruppe fragen. Glut keuchte aus dem letzten Loch, als er in seinen hangaufwärts geparkten Dienstwagen stieg, und ließ das Steuerrad gleich wieder los, so heiß war es.

# 20

In seinen unruhigen Jahren hatte sich Glut angewöhnt, Gras zu rauchen und in den Zoo zu gehen, wenn er sich entspannen wollte. Völlig bekifft suchte er den Blickkontakt zu exotischen Tieren, in der Hoffnung, etwas über das tiefere Wesen der Schöpfung zu erfahren. Das hatte sich manchmal verrückt angefühlt, aber der junge Glut kam danach mit neuen Impulsen zurück in den Alltag, hatte wieder den nötigen Abstand, um die nächsten Monate zu ertragen. Nach Jahren mit Gelegenheitsjobs auf Gerüsten, Dächern und sogar Schiffen, hinter Theken, Absperrzäunen und gepanzerten Glasscheiben wuchs der Wunsch nach Kontinuität. Und tatsächlich war es ein Tag im Zoo gewesen, 1971, als er nach Stunden im Affenhaus, beim Anblick dieser sozialen Affenfamilien, die Entscheidung fällte.

Er wollte Polizist werden.

Selbstverständlich ließ er in der Bewerbung unerwähnt, dass es die Wirkung illegalen Marihuanas war, die ihn zu dieser Entscheidung trieb. Aber auch ohne vollkommen zugedröhnt zu sein, dachte Glut damals, es müsste auf dieser Welt doch auch noch andere Polizisten geben als nur Tränengas sprühende, mit Gummigeschossen herumballernde, behelmte Soldaten mit ihren schwarz-weißen Feindbildern, wie sie in Paris, München und Washington die Straßen dominierten. Auch in der Schweiz standen oft Polizisten mit ihren Knüppeln am Anfang der Gewaltspirale, wurden Demonstranten nach ihrer Verhaftung übel misshandelt, in die Weichteile getreten und geschlagen. Es müsste doch möglich sein, den Staat mit einem verständnisvollen Blick auf die Jugend zu vertreten, hatte sich Glut damals, vor zwölf Jahren, im Basler Affenhaus gesagt. Und so dachte er trotzig bis heute.

Es war gerade mal zwei Jahre her, als seine Kollegen eine Großrazzia im Autonomen Jugendzentrum organisierten, an der über hundertdreißig Uniformierte und einundvierzig Detektive des Fahndungsdienstes, des Kriminalkommissariats und des Betäubungsmitteldezernats beteiligt waren. Über hundertsechzig Personen wurden verhaftet. Eine Aktion, die Glut beschämte und die wochenlang gewaltsame Auseinandersetzungen, neue Hausbesetzungen und Straßenschlachten mit brennenden Barrikaden und zahlreichen Verletzten nach sich zog. Es hatte sogar einige äußerst kritische Vorfälle auf der Hauptwache im Spiegelhof gegeben. Albert Hess war darauf bis heute nicht gut zu sprechen. Doch jetzt konnte Glut auf diese Aktionen nicht mehr mit dem Finger zeigen. Jetzt war es auch mit seinem moralischen Kompass vorbei. Der Anspruch, mit friedlicher Mentalität das System ein klein wenig von innen zu reformieren, war gescheitert. Glut war seit seiner Razzia bei Zutt einer der Bösen. Zwar würde er charakterlich nie wie dieser aufbrausende Tom Wüst enden, aber seit gestern gehörte er zu jenen Uniformträgern, die Sturmtrupps anordneten und übers Ziel hinausschossen. Darum war er heute in den Zoo gegangen.

Durchs Affenhaus kam Glut zum Affenfelsen. Als er an der Brüstung stand und den Totenkopfäffchen zuschaute, die herumtollten wie in einem Stummfilm mit zu viel Bananenschalen, entdeckte er auf der gegenüberliegenden Seite Urs Zeller. Mit braun gebranntem Glatzkopf und stechendem Blick schien der Grenzschutzbeamte in Zivil zu überprüfen, ob die Tiere in ihrem Territorium blieben.

Als er Zeller ansprach und dieser sich aufrichtig freute, fühlte Glut, dass dieser Mann, der ihm das Leben gerettet hatte, genau der Freund sein könnte, der in seinem Beamtenleben noch fehlte. Von ihm hätte er sich Rat im Fall Gromow und Rat im Umgang mit Albert Hess gewünscht. Ihn hätte er gerne im Spiegelhof an seiner Seite gehabt gegen den Kommunistenjäger Wüst. Eine Weile unterhielten sie sich über die Jahrhunderthitze und die originellen Gegenmaßnahmen, die die Zooleitung ergriffen hatte. Die Eisbären zum Beispiel leckten an Eisklötzen mit eingeschlossenen Früchten. Zeller, der bald erkannte, was Glut fehlte, sagte:

»Was das wohl bedeutet? Dass wir unsere Freundschaft im Zoo beginnen?«

»Ich liebe Affen«, lachte Glut.

»Mir sind sie peinlich.«

»Ich glaube, mein Fall wächst mir über den Kopf, Urs.«

»Sartorius?«

»Genau. Der tote Wahrsager. Du hast davon gehört?«

»Nicht nur gehört. Wir sitzen alle am Fall Gromow.«

»Du auch?«

»Klar. Wüst hat den Grenzschutz angewiesen, eine Liste aller Grenzschmuggler zusammenzustellen, die wir im letzten Jahr erwischt haben. Es befinden sich darunter mehrere Russen.«

»Russen im Bettinger Wald?«, staunte Glut.

»Bei Kontrollen ist mir sogar einmal die Visitenkarte deines Okkultisten Sartorius untergekommen.«

»Man muss ja paranoid werden. Im Schwimmbad am Sonntag prügeln sich zwei Typen, und was finden wir im Garderobenspind des einen? Sartorius' Visitenkarte! Der Hellseher ist überall. Und jetzt pass auf, Urs. Ich hab das unserem Kommunistenjäger Wüst noch gar nicht gesagt, der würde Luftsprünge machen. Möglicherweise bin ich in den Kontoauszügen dieses Sartorius auf Zahlungen an Novosti gestoßen.«

»Auweia, verbrenn dir an der Novosti-Posse bloß nicht die Finger, Glut! Ein zweites Mal hab ich keinen Bunker für dich.«

»Ja, aber hör zu, Urs. Der Sohn eines Mannes, der mit Sartorius nachweislich bekannt war, hat genau solche paramilitärischen Übungen abgehalten, wie sie den Novosti-Mitarbeitern angelastet werden. Verstehst du? Eventuelle Zahlungen, indirekter Kontakt zu kommunistischen Guerillas. Gleich zweimal überschneidet sich unser Mordfall mit Novosti. Vielleicht alles nur Zufall.«

»Glut. Wenn ich eines sicher weiß, dann, dass es an einem einzigen Tag tausendmal mehr Zufälle als Äste an einem Baum gibt. Was meinst du, wie viele Gesichter ich schon in den Baumkronen gesehen habe. Trotzdem würde ich nie denken, der Baum habe diese Gesichter absichtlich geformt. Es ist immer der Mensch, der dem Zufall zwei Augen schminkt.«

»Hast ja recht, Urs.«

»Freut mich, dass wir uns verstehen«, lachte Urs.

»Simon denkt, der Mörder stammt aus dem Strichermilieu.«

»Na, wenn euer Genie das sagt. Was stehst du dann noch mit mir im Zoo herum?«

»Studiere die Affen und du kennst die Menschen. Hat mein Vater immer gesagt.«

»Ich studiere lieber den Wald«, sagte Zeller.

Glut stellte sich den mächtigen Zeller mit seinem Glatzkopf vor, wie er die Grenze im Wald abschritt und statt nach Deutschland zu spähen, verträumt in die Baumkronen schaute. Ein etwas irritierender Gedanke.

»Ich stelle mir manchmal vor, es gebe keinen Wind«, redete Zeller weiter, »dann wären es die Bäume selbst, die sich wie Lebewesen bewegten. Das rührt mich.«

»Du bist ja genauso verrückt wie ich!«

Urs schaute ernst auf den Affenfelsen.

»Als Grenzschützer bin ich viel im Wald. Ich liebe die Bäume.«

»Ich fackle sie ab«, versuchte Glut Zellers verschrobene Melancholie zu brechen.

»Worüber hast du an dem Tag eigentlich so gegrübelt? Ich meine, dass du einfach deine brennenden Zigaretten in den Wald wirfst. Diese Information schuldest du mir noch.«

Zeller klang vorwurfsvoll, als hätte man seine Eigentumswohnung angezündet.

»Wie gesagt, Urs. Es war mein erster Arbeitstag, und ich wurde von den Kollegen nicht gerade freudig empfangen. Dabei hatte ich mir einfach vorgenommen, ein guter Kriminalkommissär zu sein. Ein guter Mensch in einer schlechten Zeit. Darüber bin ich wohl ins Grübeln gekommen, ob das überhaupt geht.«

»Oh, jetzt müsste dich eine Frau küssen. So schön hast du das gesagt.«

»Tja. Keine geeignete Frau zu sehen.«

»Immerhin Affenweibchen«, amüsierte sich Zeller und betrachtete Glut genauer als zuvor die Affen.

»Übrigens. Dein Gesicht ist im Spiegelhof für alle ein offenes Buch. Man sagt, dir gefalle Jasmina.«

»Da vögeln zwei Affen«, versuchte Glut abzulenken.

»Ich würde mal sagen, du gefällst ihr auch.« Zeller klang nun endgültig wie ein Klatschmädchen vom Pausenplatz.

»Jasmina ist mit Hess«, sagte Glut.

»Na und?«, machte Zeller weiter.

»Ein Waldbrand, eine erfolglose Razzia, jetzt noch ein Fehltritt mit der Freundin vom Chef und ich hab mir endgültig die Pfoten verbrannt.«

Zeller schmunzelte, als wäre dieses Szenario eine ziemlich verlockende Sommer-Unterhaltung.

# 21

Kaum bog Glut in die Auffahrt zur Villa Sartorius ein, kam ihm zwischen den Löwenstatuen Frau Grethers doppelköpfige Katze entgegen, fast so, als hätte sie eine Antenne für den verzweifelten Polizisten, der dringend einen Fahndungserfolg brauchte, um seinen missglückten Einstand mit dem Waldbrand aufzuwiegen.

»Na, Doppelkopf, schon mal zwei Mäuse gleichzeitig gejagt?«, fragte Glut die Katze. Er machte ein Foto von ihr und dann vom Garten und der Straße, so wie es ihm Simon aufgetragen hatte. Auf einmal stand eine Frau mit Pferdeschwanz vor ihm. Sie trug ein dunkelblaues Hemd und helle Jeans und hatte einen wachen Gesichtsausdruck, wie er nicht in diese verschlafene Gegend passte. Glut grüßte und versuchte an ihr vorbeizugehen, aber sie stellte sich ihm in den Weg.

»Sie sind ein Tierfreund?«, fragte sie.

Glut fiel ihr englischer Akzent auf.

»Wer nicht!«

Die Frau schaute auf seine Kamera, dann auf die Nachbarhäuser und zum Eingang der Villa.

»Sartorius hat geschlossen?«

»Ich bin auch enttäuscht«, sagte Glut und schlüpfte blitzschnell in die Rolle, die sie ihm angeboten hatte.

»Ich komme aus London. *African sounds for Mandela*, Sie verstehen«, sagte die Frau, als würde sie einen Text aufsagen, und wirkte dabei plötzlich ängstlich.

Glut überlegte, was die strategisch klügste Antwort wäre, um ihre Erwartungen nicht zu enttäuschen.

»Ihre Kamera. Sie müssen mein Mann sein. *African sounds*«, sagte die Frau leise.

»Glut, Heiner«, sagte Glut, und das war natürlich die dümmste Antwort, die es geben konnte. Sofort drehte die Frau ab und entschuldigte sich. Sie habe ihn verwechselt. Glut bat sie, einen Augenblick zu warten, doch schon hatte sie die Tür ihres schwarzen Citroën erreicht, warf sich hinters Steuer und brauste davon.

Glut war noch dabei, sich über sich zu ärgern, da quietschten hinter ihm Reifen, und aus dem heruntergekurbelten Fenster eines VW-Käfers tauchte Tom Wüsts Gesicht auf.

»Verflucht«, sagte Glut.

»Verdammter Idiot, du hast den Vogel im Netz und lässt ihn fliegen?«

»Was?«

»Steig ein, die kriegen wir!«

Glut wischte mit der linken Hand die Musikkassetten und Zigarettenschachteln weg, die auf dem Beifahrersitz lagen, und setzte sich mit der Spiegelkamera auf dem Schoss in Wüsts chaotische Autowelt. Das Handschuhfach stand kaputt offen und darin lag, für jedermann sichtbar, seine Dienstwaffe. Es bestand wenig Zweifel, dass es sich bei diesem alten VW um Toms Privatwagen handelte. Dass er als Undercover-Fahrzeug von der Chefetage abgesegnet worden sein könnte, bezweifelte Glut. Umso besser. Notfalls würde er das alles gegen diesen Kalten Krieger verwenden können. Im Moment beschäftigte Glut jedoch vielmehr Wüsts Fahrweise. Sie bewegten sich mit nicht einmal fünfzig Stundenkilometern durch den Föhrenweg. Definitiv nicht das Tempo, das Glut nach den quietschenden Reifen und Toms energischem Einstiegsbefehl erwartet hatte.

»Gehts nicht etwas zackiger, Tom?«, fragte Glut.

»Zone 50.«

»Natürlich«, sagte Glut ironisch. »Wer ist diese Frau?«

»Das wirst du gleich sehen.«

Wüst hielt an der Ampel und schaltete den Motor aus.

»Was machst du?«

»Rot.«

»Aber … wir sind die Polizei, wir verfolgen!«

»Ruhig Blut. Gleich hat sie dort an der Ecke auch Rot.«

In Wüsts Auto wurde es still. Nichts passierte. Kein Griff zum Autoradio, kein Pfeifen durch die Lippen, kein Schimpfen, kein Zigarettenanzünden, keine Informationen zu dieser grotesken Aktion. Tom Wüst, gepaart mit dem totalen Nichts.

Während das Licht auf Rot stand, hatte die Sonne alle Zeit, unerbittlich durch die Frontscheibe zu brennen. Glut sah leidend aus dem Fenster. Wie an jeder Ampel in ganz Basel auch hier das Schild: »Halten, Motor abschalten«.

»Umweltschutz in Ehren, Tom, aber sollten wir den Wagen bei Verfolgungen nicht laufen lassen?«

»Schön unauffällig, Brandstifter!«

»Aber sie fährt uns weg, du Spionagepfadi!«

Tom lachte, drehte den Zündschlüssel und fuhr langsam an.

»Fahr schneller, Tom!«

»Fünfzig. Sie fährt fünfzig. Die will keinen Strafzettel. Die will unbemerkt abhauen, die rote Socke!«

»Grün!«, schrie Glut.

»Bleib cool.«

»Cool? In deinem Auto sind es sechzig Grad, verflucht! Gelb, gib Gas!«

»Wozu? Vorne ist die Bahnschranke unten. Jetzt sitzt sie fest. Mach mal ein Foto von ihrem Wagen!«

Glut schaute durch den Sucher und stellte das Nummernschild scharf. Nachdem er dreimal den Auslöser gedrückt hatte, kehrte die Stille zurück. Glut konnte diese groteske Verfolgungsjagd in Zeitlupe nicht mehr ertragen und schaltete das Radio ein. DRS 2. Ein politischer Hintergrundbericht. Nachdem die Grünen in Deutschland im März unter ihrem parlamentarischen Geschäftsführer Joschka Fischer den Sprung in den Bundestag geschafft hätten und mit Sonnenblumen, den Zweigen einer umweltkranken Tanne und in Wollpullovern medienwirksam in den Plenarsaal eingezogen seien, hieß es da, habe sich zwei Monate später nun auch in der Schweiz eine erste nationale Grüne Partei gegründet und der Parteisprecher der Schweizer Grünen, Bernhard Pulver, hoffe, bei den Nationalratswahlen im Oktober mindestens zwei Sitze in Bern zu erobern.

»Apropos Grün, Glut«, fing Wüst plötzlich an, »damit du weißt, wo ich stehe. Ich hasse die Grünen, ich hasse die Linken und ich hasse die Pazifisten. Die sind alle von Moskau bezahlt!«

»Also dann bin ich auch für Moskau, wenn die den Frieden bezahlen«, lachte Glut.

»Nicht den Frieden! Unseren Traum vom Frieden. Damit wir abrüsten und sie einmarschieren können. Gleich haben wir sie!«

»Ja, gib Gas, Tom!«, schrie Glut, der so schnell wie möglich aus diesem heißen Käfer wollte.

Tom beschleunigte sachte von 48 auf 54 Stundenkilometer.

»Übrigens«, sagte er, »dieser Bombenanschlag gestern in Paris, was glaubst du, wer das war? Hinter all dem steckt Moskau, vielleicht auch unser Gromow, womöglich die PdA, sicher Novosti und garantiert diese rote Socke da vorn!«

»Also ich suche einfach den Mörder von Gromow«, sagte Glut sachlich.

»Festhalten!«

Tom trat aufs Gas, hupte, schlug ein, bremste, riss die Tür auf, und schneller, als Glut gucken konnte, stand Tom vor der Motorhaube des blockierten Citroën.

»Gott, sind Sie betrunken, Sie parken mich zu! Mitten auf der Fahrbahn!«, schrie die Frau im blauen Hemd.

»Frau Gerhardt?«, rief Wüst.

»Und wer sind Sie?«

»Polizei. Sie sind Ruth Gerhardt?«

»Ja?«

»Im Namen der Eidgenossenschaft: Sie sind verhaftet!«

»Was, ich? Ist ja süß!«

Die Frau lachte ihn mit ihrem wachen Gesicht so übermütig an, als hätte sie diese Konfrontation tausendmal durchgespielt und sei jedes Mal als Siegerin daraus hervorgegangen. Die Handschellen klickten um ihre Handgelenke wie anstößige Schmuckstücke.

# 22

Unterdessen war der Hitzesommer auch in die allerletzten Winkel des Spiegelhofs mit seinen steinernen Treppenhäusern eingezogen. Türklinken aus Messing, die im Winter eiskalt in der Hand lagen, waren jetzt warme Schuhlöffel. Glut bewegte sich, wie ein Hering in seinen eigenen Schweiß eingelegt, durch die Korridore. Er wollte zu Hess, aber dessen Bürotür war verschlossen, das Schild rot. Lauschen aussichtslos. Zu viele Kolleginnen und Kollegen eilten an diesem Morgen durch den Gang. Glut machte kehrt, ohne zu erfahren, dass direkt hinter der Tür sein Kontrahent, Tom Wüst, saß.

»Was ich sagen will«, fasste Hess seinen Rüffel mit scharfen Konsonanten zusammen, »Sie überschreiten massiv Ihre Kompetenzen, Wüst!«

»Sorry, dass ich internationale Haftbefehle nicht lese, sondern ausführe!«, gab Wüst zurück und machte klar, dass er keine hierarchische Gesprächssituation akzeptierte – nicht angesichts eines globalen Ausnahmezustands, der sich Kalter Krieg nannte und ein Handeln erforderte, das weit über die biederen Organisationsstrukturen des Spiegelhofs hinausging.

»Also den Zufallstreffer mit dieser Ruth Gerhardt

schenk ich Ihnen, auch ein verblendetes Huhn findet mal ein Korn«, ruderte Hess spendabel zurück. »Aber im Vorfeld weder mich noch die Bundespolizei über Ihre Ermittlungen und über Ihre Riehener Beschattungs- und Verhaftungsaktionen zu informieren, ist ein unverzeihlicher Disziplinarverstoß.«

»Chef, wenn ich einen dicken Fisch an der Angel habe, dann will ich den auch entschuppen! Und Kompetenzen überschreiten ist doch auch Ihr Metier…«

Wüst befreite seine Stirn von Schweißtropfen, die bei ihm gefälligst nichts verloren hatten.

»Was genau wollen Sie damit andeuten?«, fragte Hess in einem Ton, als hinge es von der nächsten Antwort ab, ob er handgreiflich würde.

»Kommen Sie, Hess! Ihre Informanten! Sie schmieren und ölen die doch jenseits aller Legalität.«

»Unglaublich!«, rang Hess nach Luft, »und da wundern Sie sich, dass ich Ihnen Gluts Job nicht gegeben habe?«

Jasmina saß seit Minuten mit überschlagenen Beinen in der Ecke und massierte sich mit den Fingerkuppen ihrer rechten Hand den Haaransatz. Eine Geste, die Hess als nicht besonders solidarisch empfand.

»Warum dreht denn dieser verdammte Ventilator nicht? Wissen Sie was, Wüst, tun Sie mir einen Gefallen, nehmen Sie sich und diesen Schrott in Reparatur und hauen Sie ab! Los, los!«

Mit jedem anderen Angestellten wäre das Gespräch nach so einer Peitsche beendet gewesen. Doch Tom Wüst schaute den Ventilator an und sagte:

»Den kann man nicht reparieren.«

»Ach, nein?«

»Nein. Der ist, wie alles hier, komplett hinüber.«

Blitzschnell rötete sich Hess' Kopf, dann stürzte er sich auf das Ding und schlug es kurzerhand gegen die Wand. Jasmina zuckte zusammen. Der Ventilator überstand den Schlag unversehrt. Also donnerte ihn Hess so heftig gegen das Fensterbrett, bis der Gitterkäfig aufsprang und die Rotorblätter zersplitterten wie Porzellan.

»So repariert man den! So, und so, und so!«, brüllte Hess. Und nach einer Kunstpause sagte er:

»Jetzt machen Sie, dass Sie wegkommen, sonst reparier ich Sie auch. Haben wir uns verstanden?«

Der Polizei-Mehrkampfmeister Wüst, auf den in einem Duell geschossen worden war, der Kopfsprünge aus zehn Meter Höhe vollführte und Spione verhaftete, erhob sich von seinem Stuhl, drehte sich nicht zur Tür, sondern machte einen Schritt auf Hess zu.

»Nehmen Sie ein Bad, Chef. Sie sind etwas zu rot geworden.«

»Tür zu!«

Aber Tom Wüst war schon weg. Die Tür stand provokativ offen, und aus der Ferne, aus einem Radio, klangen *99 Luftballons* herüber.

»Nicht zu fassen!«, rief Hess.

Jasmina, die ihn zum ersten Mal so aufbrausend erlebte, versuchte ruhig zu bleiben.

»Wüst ist ein Hitzkopf, Schatz, das wissen wir. Aber diesmal hat er recht. Außergewöhnliche Fälle erfordern unkonventionelle Methoden. Dieser Gromow war doch höchst dubios. Was hat die Spionin bei ihm gesucht? Eventuell ist dieser Mord nur die Spitze eines riesigen Eisbergs.«

Hess setzte sich auf seinen Tisch und schaute aus dem Fenster auf das barocke Gebäude der alten Börse, in dem sich bald schon das Privatradio Basilisk einquartieren würde.

»Novosti«, sagte Jasmina.

»Novosti, ja, was?«

»Eventuell steckte Gromow da finanziell mit drin.«

»Immer etwas dünn, solche Eventuells, findest du nicht?«

»Klar. Nur, falls es stimmt, dann sind wir da an einer großen Sache, Schatz. Aber das ist dir ja egal, du willst lieber Paragrafen reiten.«

Im Gang schwebten immer noch die *99 Luftballons.*

»Hörst du mir überhaupt zu?«, fragte Jasmina.

»Nein, ich schwitze, Schatz! Dieser Wüst bringt mich zur Weißglut. Was glaubt er eigentlich, wer er ist? Es reichte nicht, ihn nicht zu befördern, man muss ihn stoppen, jetzt. Herrgott, bringt mal jemand diese Luftballons zum Platzen?«

Tatsächlich knallte es, wie aufs Stichwort, in einem gegenüberliegenden Büro. Allerdings so, als wäre etwas Größeres geplatzt als ein Luftballon.

Hess eilte zur Tür.

»Was bitte war das?«, schrie er.

Die Stimme eines Beamten antwortete routiniert.

»Sorry, der Fernseher ist explodiert.«

»Ein Irrenhaus!«

»Hörst du mir mal zu, Schatz?«

»Sag mir im Büro nicht Schatz!«, befahl Hess.

»Stell du mich im Büro nicht in die Damenecke, Schatz!«, konterte Jasmina.

»Entschuldige.«

Hess setzte sich grübelnd auf seinen Bürostuhl.

»Überlass den Fall Gromow mir. Gib mir einen Mann mit Russischkenntnissen und zwei Tage Zeit für die Auswertung aller Akten. Glut ist fleißig, aber überfordert. Wer weiß: Vielleicht hat Bundesrat Friedrich recht, wenn er sagt, die Schweizer Friedensbewegung werde von Moskau gesteuert.«

»Gesagt ist so was schnell.«

»Genau. Aber wir sagen es nicht. Wir beweisen es.«

»Was ist mit dem Haar?«

»Meinem Haar?«

»Mit dem Tierhaar auf dem Sofa der Butlerin! Simon hält es für bedeutend, liest du seine Berichte nicht?«

»Simon!«, lachte Jasmina. »Wenn du mich fragst, ist der noch verrückter als Wüst. Läuft in seiner Freizeit mit ziegelschweren Funktelefonen herum und wohnt noch bei Mama, also bitte!«

»Was du nicht alles weißt über unser Team! Die Sonntage im Schwimmbad lohnen sich, hm?«

»In jeder Hinsicht.«

Aus dem Untergeschoss erklang ein Presslufthammer.

»Was ist das denn? Reißen die jetzt unsere Zentrale ab?«, fragte Hess belustigt.

»Die vergrößern doch unseren Luftschutzbunker.«

»Das geht jetzt schon los? Ach ja, richtig. Gewusst? Im Ernstfall soll sich da die ganze Regierung mitsamt Katastrophenstab verkriechen können. Man kann sich als Bunkerchef bewerben. Interessiert?«

»Weniger. Wie gesagt. Der Fall Gromow, Schatz.«

»Diese Bauerei hört jetzt nicht mehr auf. In zwei Jahren gibts hier überall Großraumbüros.«

»Ich weiß.«

Das Gespräch hatte eine seltsame Richtung genommen, fand Jasmina. Und Hess wirkte ungewöhnlich fahrig. Etwas lag ihm auf dem Magen. Jasmina vermutete stark, es habe mit Wüsts Anspielungen auf irgendwelche bestochenen Informanten zu tun. Gegenüber Hess würde sie so tun, als habe sie diesen Teil des Streits überhört, aber sie wollte der Sache unbedingt auf den Grund gehen. Außerdem ärgerte es sie, dass Wüst immer mehr wusste als sie.

»Jasmina«, sagte Hess bedeutungsvoll, und Jasmina dachte für einen Moment, er rücke mit der ominösen Informantensache heraus.

»Chef?«

»Wir müssen reden.«

»Tun wir gerade.«

»Willst du mich heiraten?«

»Und Kinder kriegen? In dieser Welt?«

Das Lachen der überrumpelten Jasmina kränkte Hess sichtbar. Sein rotes Gesicht wurde hart.

»Ich finde ja, dass du so eine Frau bist, die immer etwas zu früh lacht. So. Ich brauche jetzt einen Martini. Gibts Eis?«

»Schau doch selbst nach!«

»Tu ich, Jasmina, tu ich. Jetzt nehme ich die Zügel nämlich selbst in die Hand! Genug Zeit mit Hausbesetzern verplempert. Jetzt ist der Hellseher mit seinen Spionen dran. Und dann Wüst. Und dann ...«

»Dann?«

»Dann heirate ich dich!«

Der Presslufthammer verstummte.

»Nur über meine Leiche, Schatz.«

»Ach, ja? Na gut. Leichen kannst du haben. Ab sofort kümmerst du dich ausschließlich um den Fall Wolfgottesacker. Finger weg von Novosti, hörst du? Ich geh der Sache selbst auf den Grund. Hast du verstanden?«

Ja, ich hab sogar sehr gut verstanden, dachte Jasmina.

Sehr gut verstanden hatte sie, dass sie sich so schnell wie möglich von ihrem Chef trennen musste. Vor zwei Jahren war er ein äußerst charmanter Albert Hess gewesen, offen und witzig. Er hatte ihr gegen den Widerstand all seiner bornierten männlichen Kollegen diesen Job verschafft. Doch kaum im Arbeitsalltag angekommen, gebärdete er sich für ein paar Kollegenlacher von Monat zu Monat gemeiner. Wenn Hess nicht in der Machtposition wäre, ihr jederzeit kündigen zu können, hätte sie die kurze Liebschaft längst beendet. So aber sah sie sich in einer Abhängigkeit, die ausschließlich durch Erpressung abzuschütteln war. Sobald sie etwas gegen ihn in der Hand hätte, könnte sie sich trennen, ohne den Job zu verlieren. Wüsts vorherige Bemerkung über illegal geschmierte Informanten winkte da wie ein rettender Strohhalm.

»Verstanden?«, fragte Hess noch einmal.

»Verstanden«, sagte Jasmina und lächelte ihn an.

# 23

Jörg und der Barkeeper saßen im hinteren Tramwagen der Linie 15, Jörg seit vier Stationen versunken in sein orangefarbenes, aufgeklapptes Nintendo-Spiel, dessen regelmäßige Piepstöne allen gewaltig auf den Sack gingen. Der Barkeeper schaute nervös abwechselnd auf seine Uhr und aus dem Fenster.

»Affe! So komm ich ja nie an den Scheißkran!«, schrie Jörg durchs Tram und ließ seinen Jumpman über das x-te schwarze Fass springen, das über rostrote Stahlträger nach unten rollte, sich mit jedem Piepston neu auf dem Bildschirm kristallisierte.

Der Barkeeper musste lachen.

»Geil, du klaust es und kapierst es nicht! Gib her!«

»Pfoten weg!«

»Keep cool, Jörgi!«

Das Tram klingelte, weil sich ein Jugendlicher mit Discoroller und Walkman an den Tramwagen angehängt hatte und provokativ mit den Hüften wippte.

»Ich war so nah dran!«, jammerte Jörg, nachdem sein Jumpman zum tausendsten Mal von einem der Fässer getroffen worden war, die Donkey Kong aus schier unerschöpflichen Vorräten senkrecht nach unten schleuderte.

»Lass mich mal!«

Jörg hielt den Barkeeper mit abgespreiztem Ellbogen auf Distanz.

»Lass mich mal, ich hol das Mädchen!«

Aber Jörg drehte sich ab, und genau diese Bewegung verursachte den nächsten Fehlschlag.

»Verdammte Scheeeiße!«

Einem Fahrgast wurde es zu bunt.

»Benehmt euch, das Tram ist doch kein Kinderzimmer!«

»Fresse, Knacker! Sonst brennst du!«, zischte der Barkeeper zurück und schnitt ein Gesicht, das den Fahrgast dazu bewog, lieber schon bei der Heiliggeistkirche auszusteigen.

Jörg wäre um ein Haar an den ersten Haken rangekommen, als den Jumpman wieder ein Fass traf und ihm der verfluchte Error-Pieps erneut durch Mark und Bein fuhr.

»Ich komm nie an den Kran. Scheißgorilla, Scheißspiel!«, kläffte er mechanisch und begann wieder von vorn. Der Barkeeper sah auf seine Seiko. Eine Baustelle verzögerte die Fahrt über die Münchensteinerbrücke, sie waren viel zu spät. Zutt, der angeblich schon zum zweiten Mal von der Polizei besucht worden war und ihm unter vier Augen etwas Wichtiges mitteilen wollte, war sicher längst wieder abgehauen. Links sah der Barkeeper über die freien Gleisanlagen der SBB zur Hauptpost, deren Fassade direkt dem Donkey-Kong-Spiel entsprungen zu sein schien. »Rostbalken« hatte sein Vater diesem Gebäude immer gesagt.

Nun ging es vorbei an der Großpetergarage. Bei der nächsten Station donnerte es durch die offenen Tramtüren. Und auf Befehl dieses Donners schüttete es aus den Wolken wie aus schwarzen Fässern. Das Wasser erzeugte auf den Fahrbahnen Millionen blitzende Discosterne, von denen Jörg keinen einzigen sah. Er war unterwegs zu Pauline. Vielleicht diesmal würde ihr Trickfilmherz – verdammt nochmal – pulsieren für ihn.

Endlich trafen sie an der verabredeten Stelle beim St. Alban-Tor ein. Zutt war schon von weitem zu sehen. Er versuchte im schwächer gewordenen Regen zu rauchen und stand dicht bei einem Baumstamm.

»Hey, Zuttiboy, wo hast du denn deine Hunde?«, rief Jörg unter seiner Kapuze hervor.

»Halt die Fresse, Donkey Kong, braucht ja nicht jeder hier gleich unsere Namen zu wissen«, zischte ihn der Barkeeper an.

»Sorry«, sagte Jörg und nickte, als könne das auch mit gehaltener Fresse ein guter Tag werden.

»Jetzt waren die Bullen schon zum zweiten Mal bei mir«, sagte Zutt ohne Begrüßung.

»Weiß ich. Das Waldtelefon hats geflüstert. Und was geht das mich an?«, fragte der Barkeeper.

»Sie wühlen in meinem Privatleben. Mir ganz egal. Aber jetzt schießen sie sich auf Luzi ein!«

»Dein Sohn ist ein Verräter, was interessiert er mich noch?«

»Du nennst Luzi immer Verräter. Weil er nicht mehr mit dir im Sandkasten spielt. Ich glaube, du musst jetzt mal lernen, was ein richtiger Verrat ist.«

»Was soll das heißen?«

»Was das heißen soll? Ganz einfach. Die Polizisten haben bei Luzi die Fotos von der Che-Guevara-Gruppe gefunden. Die halten ihn für den Anführer, die wollen ihn fertigmachen, bis er seine Lehrstelle verliert und alles.«

»Was geht uns das an?«

»Genau, was geht uns das an?«, doppelte Jörg nach.

»Du kapierst es nicht. Diese Bullen waren zweimal zu fünft bei mir, bewaffnet. An der Spitze ein Kriminalkommissär Glut. Total hitziger, total gewalttätiger Kerl. Der macht keinen Spaß. Jedes Mal schreit er uns an, lässt uns Handschellen anlegen. Dann breitet er die Fotos auf dem Tisch aus. Jedes erkennbare Gruppenmitglied mit einer Nummer versehen, und dann drückt er unsere Köpfe auf die Fotos und fragt nach den Namen. Auf den Verräter, wie du meinen Luzi nennst, kannst du dich dabei verlassen. Kein Sterbenswörtchen sagt er unter diesem Bullenterror aus.«

»Das würd ich ihm auch nicht raten!«, drohte der Barkeeper.

»Die Frage, die dich interessieren müsste, lautet: Was habe ich den Bullen gesagt?«

Der Barkeeper blitzte Zutt an.

»Das sind alles Kinder aus der weiteren Nachbarschaft, sogar aus Deutschland, die sich ein bisschen austoben, hab ich gesagt. Ich kenne ihre Namen nicht. Das hab ich gesagt.«

»Brav. Und das wolltest du mir jetzt unbedingt persönlich mitteilen? Willst du einen Pokal dafür?«

»Erraten. Weil. Vielleicht fällt mir ja doch noch ein Name ein, plötzlich, wenn ich keinen Pokal kriege, verstehst du die Logik?«

»Sag mal, bist du lebensmüde, Zutt? Kommst du hierher, weil du eine Kugel in den Rücken willst?«

»Mach dich nicht lächerlich. Ich kenn dich seit Kind,

du bist vieles, aber ganz sicher kein Mörder. Ich krieg von dir was anderes.«

»Was denn?«

»Na, Geld. Hab gehört, du bist jetzt gut im Geschäft. Hier ein Nintendo für den kleinen Jörgi …«

»Was? Den hab ich ganz alleine geklaut!«, warf Jörg dazwischen.

»… da einen Töff, und zeig mal, du trägst eine Seiko mit Minifernseher, und angeblich hast du sogar einen Apple Lisa zu Hause. Ist das so? Zeig doch mal die Uhr, kann man da einen Fußball überhaupt erkennen oder siehst du nur schwarz-weiße Strichmännchen?«

»Geht dich einen Dreck an«, sagte der Barkeeper, versteckte sein Handgelenk hinterm Rücken und sah zu Jörg.

»Ich will zehntausend Franken, in vier Raten. Das kostet mein Schweigen.«

»Ich sags dir noch mal, Zutt. Dein Schweigen kostet höchstens ein paar rostige Kugeln aus einer Schrotflinte.«

»Und so was sagst du vor einem Zeugen? Dann müsstest du Jörg ja auch noch umlegen, nicht wahr, Jörg?«

»Also …«, stotterte Jörg.

»Du hast keine Ahnung, wozu ich fähig bin und wie dicht Jörgi hält. Jörgi hat nämlich selbst Dreck am Stecken, und darum sind Jörgi und ich eine Schicksalsmacht in dieser Stadt, kapiert? Jörgi ist nicht wie Luzi.«

»Stimmt«, sagte Jörg.

»Klingt beeindruckend«, sagte Zutt, hob die Augenbrauen und schob die Unterlippe ironisch vor.

»Willst du einen kleinen Vorgeschmack, wozu ich fähig bin? Ich sag deiner Frau, dass du vom anderen

Ufer bist. Das wars dann wohl mit deiner gespielten Familienidylle«, lachte der Barkeeper.

Zutt stimmte ins Lachen mit ein.

»Che Guevara, du wiederholst dich. Damit hast du mich schon vor vier Jahren erpresst. Claudia weiß das doch längst. Mit Claudia und Luzi ist alles offen, jetzt hat sie höchstens Angst wegen Aids.«

»Aids ist nicht dein Problem, Zutt, dein Problem bin ich. Komm, Jörgi, wir gehen.«

»Die ersten zweieinhalbtausend bis Ende Woche, die restlichen drei Raten alle sieben Tage, oder der kleine Kapitalisten-Che-Guevara mit der großen Fernseh-Uhr bekommt Besuch von der Polizei!«

# 24

Jasmina parkte in der Tiefgarage, zog den Autoschlüssel und wollte gerade aussteigen, als auch Wüst einparkte. Schwungvoll, aber viel zu nah. Sie konnte ihre Fahrertür nur einen Katzenspalt weit öffnen. Tom lächelte, als er ihre genervten Handzeichen sah, setzte rasant zurück und schnellte mit perfektem Abstand wieder ins Parkfeld. Unter den Neonröhren der Garage schritten Jasmina und Tom zum Treppenhaus mit dem Lift, der eine Woche lang defekt gewesen war. Es roch nach Abgasen, Öl und toten Mäusen.

»Eigentlich sollte man den ganzen Tag hier unten bleiben. Angenehm kühl«, sagte Jasmina, während sie auf den frisch reparierten Lift warteten. Wüst sah sie an, als hätte sie ihn gerade im wichtigsten Gedankengang seines Lebens unterbrochen.

»Kannst es wohl nicht erwarten, das Bunkerleben? Keine Angst, wenn die Sowjets so weitermachen, landen wir alle im Bunker.«

»Tom, hör mal. Wie Hess dich behandelt, ich finde das unfair. Okay? Ich wollte nur, dass du das weißt. Du bist unsere beste Verbindung zur Bundespolizei. Die Verhaftung der Spionin war ... Hut ab, gratuliere!«

»Du gratulierst mir heimlich im Keller? Das nenn ich

mal einen konspirativen Verrat am Chef. Aber ziemlich sympathischer Schachzug so früh am Morgen, wir kommen uns näher, Kollegin Matter.«

Wüst lachte spöttisch.

»Also da, Kollege Wüst, machen Sie sich mal keine Hoffnungen!«

»Für Hoffnungen hatte ich in meinem Leben nie die Geduld. Lieber schaffe ich Fakten.«

Jasmina schaute auf die geschlossene Lifttür.

»Schaffst du Fakten oder fiese Unterstellungen?«, fragte sie.

»Wie meinen?«

»Ich meine. Ich verrate hier weder meinen Chef, wenn ich dich lobe, noch hat mein Chef je Informanten illegal geschmiert. Oder etwa doch?«

Wüst schwieg.

»Ich frage nur. Was genau steckte da gestern hinter deinen Unterstellungen mit den Informanten von Hess?«

»Kein Kommentar.«

»Okay. Hätte es sehr geschätzt, ein paar Beweise für deine happigen Vorwürfe zu hören.«

»Hör zu! Ich habe heute Wichtigeres zu tun.«

»Ach ja, erzähl doch mal!«

Wüst schwieg, aber als der Lift immer noch ausblieb, sagte er:

»Angeblich hat sich Glut bei der fedpol in der Sache Rolf Zutt und diesen Waldkämpfern schlaumachen wollen. Ist aber abgeblitzt. Beziehungsweise, er hat sich wie ein Schuljunge abwimmeln lassen. Wäre mir nie passiert, so was. Drum hab ich mal mit Sutter telefoniert, du kennst ihn. Der war mir noch einen Gefallen schuldig. Sutter hat sich dann betreffs der Ermittlungen zu Novosti und den Molotowcocktails rumgehört. Mauer des Schweigens. Also hat er sich kurzerhand einen vertraulichen Bericht aus einem Büro gekrallt. Topsecret.«

»Du meinst topillegal«, sagte Jasmina.

»Prinzessin. Es herrscht Kalter Krieg. Die Informationen in unseren Behörden müssen fließen wie Öl, darum sind Sutter und ich grundsätzlich gegen biedere Geheimnistuerei. Vor allem haben wir etwas gegen das Abwimmeln von Kollegen. Das nützt am Ende nur den Falschen. Wenn man einen dicken Fisch an der Angel hat…«

»…dann muss man den auch entschuppen«, sagte Jasmina.

»Erfasst, Prinzessin. Aber ich habe bei der Verhaftung der Spionin einen Bock geschossen. Den nächsten Disziplinarverstoß soll jetzt mal Glut riskieren. Kannst vielleicht du ihm das Dokument geben, ohne zu sagen, woher du es hast?«

Wüst sah sich im Treppenhaus um und zog aus seiner Aktentasche einen braunen Umschlag.

»Was ist das?«, fragte Jasmina.

»Lesen, schreddern, Fährte aufnehmen. Kannst du das Glut beibringen, Prinzessin?«

»Nenn mich noch einmal Prinzessin und ich schreie.«

»Prinzessin«, sagte Wüst.

»Kommunistenfresser. Und jetzt gib schon her!«

Wüst fixierte Jasmina eine Sekunde und überreichte ihr dann den Umschlag, während er das Handgelenk ihrer Hand, die ungeduldig nach dem Dokument griff, umklammerte. Fast, als schlösse er hier und jetzt, im U2 des Spiegelhofs, einen historischen Pakt mit ihr.

»Wenn du sagst, woher du das Papier hast, bist du tot.«

»Lass meinen Arm los, Wüst!«

Beide hatten vergessen, dass sie eigentlich auf den Lift warteten. Darum erschraken sie, als sich die Tür öffnete. Sie traten ins zahnarztweiße Licht der neuen Kabine und schmunzelten beide aufgeregt in den Mundwinkeln.

# 25

Das Sommergewitter scheuchte die Doppelkopfkatze unter den Streifenwagen, der seit wenigen Minuten in der Auffahrt der Villa Sartorius stand.

Als Jasmina sich bei Jana Grether vorstellte und sie ihren Polizeiausweis zuerst durch den Türspalt stecken musste, war ihr sofort klar, in welchem Zustand diese Butlerin wieder war.

»Meine Güte! Hatten Sie da einen Sonnenbrand?«, rief Frau Grether, als sie sich das Foto so dicht unter die Augen hielt, als sei sie vom Alkohol schon halb erblindet.

»Nein, nein. Ich hatte den Ausweis mal fünf Stunden unter der Frontscheibe meines Dienstwagens liegen lassen. Vergilbt«, erklärte Jasmina und löste damit gleich einen Weinkrampf bei der Butlerin aus.

»Ich bin auch vergilbt!«, heulte sie, offenbar bereit, den Rest des Tages in endgültiger Untröstlichkeit zu verbringen.

»Frau Grether, es wäre wirklich hilfreich, wenn Sie einmal nüchtern wären«, sagte Jasmina gereizt.

»Hilfreich wäre, wenn ich mal eine Stunde keine Polizei sehen müsste. Aber ich fürchte mich vor Blitz und Donner, also huschen Sie schon rein in mein Schloss! Wir Frauen trinken jetzt einen!«

Jasmina begriff. Ohne Frauensolidarität und ohne ein paar Promille war hier kein roter Heller zu gewinnen.

»Schuhe ausziehen?«, fragte Jasmina höflich, obwohl vor ihr ein schäbiger violetter Spannteppich lag, der den Prunk der Architektur offen verspottete. Jasminas Höflichkeitsfrage ging unter einem himmelspaltenden Donner sogleich vergessen. Zitternd wie Espenlaub stand die Butlerin schon bei der Minibar im Gartenzimmer und klimperte mit Eiswürfeln.

Die Fensterscheiben des Verhörraums im Spiegelhof erzitterten unter dem himmelspaltenden Donner. Tom Wüst saß an seiner Schreibmaschine und startete das Verhör.

»Name?«

»Gerhardt.«

»Vorname?«

»Ruth.«

Tom drückte die Zigarette aus.

»Geboren in?«

»Basel.«

»Wohnhaft in?«

Ein weiterer Donner mit heftigem Geröllgang verwüstete den Himmel.

»Wohnhaft in?«, wiederholte er.

»Kapstadt, sagte ich doch grade!«

Der grollende Donner verschüttete Jasminas Frage. Jana Grether wollte das Fenster schließen, aber ihr Gast intervenierte.

»Lassen Sie ruhig offen, irgendwann muss die kühlere Luft ja kommen.«

Die Butlerin schaute aus dem Fenster und machte ein besorgtes Gesicht.

»Frau Grether. Mal von Frau zu Frau. Danilo Gromow alias Sartorius. Wer war er wirklich?«

»Meine große Liebe«, gestand die Butlerin theatralisch. »So, und jetzt machen Sie mit dieser Information, was Sie wollen.«

»Liebe interessiert mich nicht«, sagte Jasmina.

»Sie Glückliche! *Sa sdorowje!*«

Die Butlerin leerte ihr Glas in einem Zug und versuchte zu rülpsen, stattdessen krachte der Himmel. Zuerst ein Knall, als habe Planet Erde die Schallmauer durchbrochen, dann dröhnte der Himmel wie ein Hohlkörper, bis der Lärm an den Rändern ausrumpelte.

»Grund Ihres Aufenthalts in der Schweiz?«, fragte Wüst.

»Verwandte besuchen.«

»Und ich bin ein Zirkusclown«, sagte Wüst.

»Nicht zu übersehen«, erwiderte Gerhardt kalt.

»Okay, Frau Gerhardt. In Ihrem Auto finde ich Mikrofilme und Feuerzeuge mit Kameras. Der Mann, den Sie am Föhrenweg treffen wollten, war international zur Fahndung ausgeschrieben. Woher ich das weiß? Ich hab ihn vor vier Tagen verhaftet. Woher ich wusste, dass Sie ihn am Föhrenweg treffen wollten? Weil ich kein Zirkusclown bin, Frau Gerhardt. Weil ich Kugelschreiber von Verdächtigen prinzipiell aufschraube und die Sprache des politischen Feinds prinzipiell verstehe. Und wenn ich im Kugelschreiber eines Mannes, den ich am 5. Juli um zehn Uhr im Kunstmuseum herumstrolchen sehe, ›A Picasso 7/5/10‹ lese, dann müsste ich schon strunzdumm sein, um nicht zu kapieren, dass mit

›Picasso‹ unser Kunstmuseum und mit ›7/5/10‹ Datum und Uhrzeit gemeint sind.«

»Können wir das Theater irgendwie abkürzen?«, fragte Ruth Gerhardt dazwischen.

»Sie meinen, woher ich wusste, dass Sie ihn statt im Kunstmuseum in Riehen treffen wollten? Na, wenn im Kugelschreiber auch noch ›B‹ steht, dann wäre sogar einem Zirkusclown klar, dass das ›Plan B‹ heißt. Ich weiß zwar nicht, Frau Gerhardt, aus welchen Gründen Sie am 5. Juli keine Lust auf unsere schönen Picassos hatten, aber für mich stand fest, dass mir der Kugelschreiber die Zukunft voraussagte: *›Tretiy Zavet‹*, Frau Gerhardt. ›Drittes Testament‹. Pech für Sie, dass ich diese Ortsangabe sofort kapierte, und ›7/11/14‹ war ja auch keine Meisterleistung der Kryptografie. Und prompt! Pünktlich wie der Kuckuck aus der Kuckucksuhr tauchen Sie am 11. Juli um 14 Uhr vor der Wahrsager-Hütte auf. Leider, leider weit und breit kein roter Genosse. Nur unser trotteliger Anfängerpolizist, für den ich mich entschuldige. Ohne ihn hätten wir uns die kleine Verfolgungsjagd sparen können. Langer Rede kurzer Sinn, Frau Gerhardt: Ich kann beweisen, dass das Mädchen mit den Mikrofilmen den Jungen mit dem Geld treffen wollte, und ich kann jetzt sofort diesen Hörer abnehmen, und in vier Minuten steht hier die Bundespolizei. Die übergibt Sie dann unverzüglich dem südafrikanischen Geheimdienst.«

Eine Drohung, von der sich Wüst viel versprach. Aber die Frau mit den wachen Augen, die ruhig vor ihm saß, bemerkte dazu nur, dass er langsam aufhören könne, sich lächerlich zu machen. Sie kenne die Schweizer Gesetzgebung. Zusammenarbeit mit ausländischen

Geheimdiensten sei bei Staatsdelikten ausdrücklich verboten.

Der Donner, der folgte, schien direkt aus der Hölle zu kommen. Nur der Regen, den die quecksilbrigen Wolken allen Wäldern und Feldern versprachen, ließ weiterhin auf sich warten.

»Diese gespenstischen Gewitter ohne Regen«, klagte die Butlerin. »Da denk ich immer, jetzt ist der Atomkrieg ausgebrochen.«

Jasmina ging auf solche Spinnereien nicht ein und versuchte es mit einem Bluff.

»Frau Grether. Wir wissen. Die Berner Novosti hat von Sartorius Geld bekommen. Sehr viel Geld. Wofür?«

»Wofür was?«

»Wofür hat Sartorius Geld an Novosti überwiesen? Für die Organisation der El-Salvador-Demo in Bern? Wissen Sie etwas darüber?«

»Ich kenne Salvador Dalí. Aber die brennende Giraffe macht mir Angst.«

»Frau Grether, jetzt hören Sie doch auf, sich dumm zu stellen! Also, wofür? Wofür das Geld? Für die Demo vor der US-Botschaft in Bern oder für die berüchtigte Störaktion im Nationalratssaal oder für die Basler Anti-Reagan-Gruppe ›Stoppt den Cowboy‹, davon müssen Sie hier in Ihrer Villa doch gehört haben!«

Jasmina hoffte, irgendein Stichwort aus den Novosti-Anklagepunkten des vertraulichen Berichts der Staatsanwaltschaft würde im Kopf dieser Frau zünden und einen verräterischen Kommentar auslösen.

»Wo bleibt denn der Regen? Es regnet doch, wenn es gewittert!«

»Das Geld, Frau Grether. Hat es Sartorius ausgegeben für die Propagandareferate prominenter Russen? Sie wissen. Diese Referate, in denen während der Basler Friedenswoche der Sozialistischen Internationalen immer wieder die Lüge zu hören war, die USA würden einen baldigen Atomkrieg vorbereiten. Waren diese prominenten Russen hier einquartiert, Frau Grether? Pavel Naumov, er war doch sicher mit Gromow und Ihnen befreundet!«

»Pavel Naumov?«

»Richtig, Pavel Naumov, Sie kennen ihn?«

»Also, nein.«

»Pavel Naumov, nein?«

»Nein.«

»Für wen war das Geld, Frau Grether? Für die ideologische Schulung und Kampfausbildung der Jugendgruppe Che Guevara, die der Novosti-Journalist Martin Schwander betreute? Martin Schwander, den Namen schon gehört? Den Mann hier schon gesehen?«

Jasmina streckte der Butlerin ein Zeitungsfoto vors Gesicht.

»Ist das der Mörder?«

»Frau Grether, verstehen Sie überhaupt die Tragweite von alledem, was ich hier sage? Und das alles sage nicht ich, das sagt die Bundesanwaltschaft in Bern, es gibt fundierte Berichte, wir wissen alles.«

Jana Grether lutschte einen Eiswürfel.

Jasmina, die ihre eigene Ungeschicklichkeit und das Scheitern dieser Aktion längst einsehen musste, setzte zu einem letzten Bluff an:

»Stimmt es, dass der Leiter von Novosti, Alexei Dumow, bei Ihnen ein und aus ging? Ein Nachbar will ihn erkannt haben.«

Die Butlerin schwieg.

Und dann war er plötzlich da, der erlösende Regen. Wassermassen, die in der Erdgeschichte nicht zum ersten Mal vom Himmel fielen, verwandelten den farbigen Garten in ein dunkel glänzendes, nasses Einerlei.

Vom Fischmarkt, um den sich der Spiegelhof, die alte Börse und mehrere Jugendstilhäuser gruppierten, schien der Regen bereits wieder abzulassen. Der Himmel hellte auf, als sei diese Lichtregie kein Zufall, sondern eine bezahlte Dienstleistung. Aber Tom Wüsts Gemüt blieb völlig unberührt von jeglicher Aufhellung. Zu schwer machte ihm Ruth Gerhardt dieses Verhör, das er ohne die Erlaubnis von Albert Hess und ohne seinen Kollegen von der Bundespolizei durchführte und deswegen unbedingt schnell zu Ende bringen wollte. Erfolgreich zu Ende bringen wollte, denn bisher war er mit seinen Aktionen in der rechtlichen Grauzone immer dann am besten durchgekommen, wenn sie dazu beitrugen, Fälle schneller abzuschließen.

»Diese okkultistischen Sitzungen, Frau Gerhardt! Waren das Tauschbörsen für Informationen übers südafrikanische Nuklearprogramm?«

Ruth Gerhardt verschränkte die Arme vor ihrem blauen Hemd und schmunzelte.

»Frau Gerhardt. Nach südafrikanischem Recht steht auf Hochverrat die Todesstrafe.«

Ruth Gerhardt lachte heraus:

»Südafrikanisches Recht, der kürzeste Witz!«

»Sie lachen? Südafrika ist ein Bollwerk gegen den Kommunismus. Wollen Sie, dass das bröckelt?«

»Wollen Sie, dass diese Faschisten die Atombombe

bauen?«, fragte sie, ohne die hart verschränkten Arme auch nur um einen Millimeter zu lockern.

»Faschisten?«

Tom Wüst konnte nicht glauben, was er hörte.

»Faschisten, jawohl! Faschisten, so wie Sie hier auch. Die Schweiz ist das einzige Land der Welt, das das UNO-Embargo unterläuft. Sulzer liefert diesen südafrikanischen Nazis die Technik für nuklearwaffenfähige Artillerie.«

»Was? Und so was spionieren Sie bei uns aus? Für die Russen?«

»Wachen Sie auf! Es gibt keine Spionage in einem Unrechtsstaat.«

»Der Unrechtsstaat ist doch wohl die Sowjetunion!«, brüllte Wüst.

»Hoch lebe Nelson Mandela!«

»Was? Dieser Neger?« Tom entwich ein hysterisches Lachen.

»Die Zunge soll euch Eidgenossen abfallen«, sagte Gerhardt und ihre wachen Augen blitzten.

»Sie wissen schon, dass Thatcher und Reagan diesen Mandela einen Terroristen nennen?«

»Und deswegen verreckt er im stinkigen Pollsmoor. Ihr elenden Rassisten!«

Tom brannten die Sicherungen durch.

»Lieber Rassist als Kommunist!«, schrie er.

Der Regen wurde feiner, leiser, zog weiter Richtung Norden. Der Himmel hellte sich auf. Jasmina versuchte es einfühlsam, von Frau zu Frau.

»Frau Grether, Sie wollen doch keine Komplizin des Bösen sein.«

Die Butlerin spielte mit ihren Haaren, untersuchte, ob sie sich an den Spitzen gabelten. Jasmina platzte der Kragen.

»Jetzt schauen Sie doch endlich dieses Foto an! Alexei Dumow, Leiter von Novosti!«, brüllte sie.

»Bitte, ich bin zu schwach. Das offene Fenster macht mich ganz verrückt.«

»Wann, wie lang, wie oft, mit wem, warum war er hier?«

»Ich will keine Männer mehr sehen, alle hatte er lieber als mich!«

»Also war Sartorius homosexuell?«

»Sie sollten jetzt gehen«, sagte Frau Grether.

Wie eine Welle, die ihre eigene Schaumkrone einholt und verschluckt, verschluckte sich der letzte Donner am eigenen Dröhnen, gurgelte kränklich und gab dann auf.

Stille Luft überall. In den Bäumen klopften ein paar restliche Tropfen, während der Wind die letzten Wolken wegräumte.

»Kennen Sie die asa?«, fragte Tom diese Frau, deren politische Ansichten er sich nur mit einer gefährlichen Geisteskrankheit erklären konnte. »asa heißt Arbeitsgruppe südliches Afrika. Lesen Sie mal das Bulletin von denen! Sehr fundierte Analysen sind das. Lesen Sie, und denken Sie um!«

»Wir kennen Blochers Rassistenblatt. Es ist für den Immorality Act, für den Bantu Education Act und gegen das One-man-one-vote-Prinzip. Das alles wissen wir.«

»Wir?«, fragte Tom.

»Fundierte Analysen!«, lachte Frau Gerhardt verächtlich. »Es geht um südafrikanische Rohstoffe, fertig. Seit die asa die Rede von James Santini gehört hat, ist sie in Panik ausgebrochen.«

»Santini?«, fragte Wüst kurz irritiert.

»Ich dachte, Sie lesen diese Bulletins. Santini! Republikanischer Vorsitzender des Unterausschusses des amerikanischen Repräsentantenhauses.«

»Der tut doch hier nichts zur Sache!«

»Doch. Santini behauptet, eine Kontrolle über die Bodenschätze Südafrikas gebe den Sowjets die Macht über fünfzehn der strategisch wichtigsten Mineralien der Welt. Die asa hört das und flippt sofort aus. Schon allein deshalb darf Viljoen nicht stürzen. Um keinen Preis. Egal, über wie viele Leichen seine Rassistenregierung geht. Sollen wir da zusehen?«

»Wir, wer ist immer dieses Wir?«, rief Wüst.

»Lesen Sie doch die Bulletins! Immer dasselbe. Auf Seite 1 will uns die asa die Reformen der Apartheidsregierung schönreden, auf Seite 2 stellt sie dann Kalkulationen an über die steigende Produktion von Ferrochrom. Wenn der Teufel Eier legt, ist er noch lange kein Huhn, sagen wir. Mehr politische Heuchelei und Verlogenheit in einem einzigen Bulletin ist wirklich unmöglich. Und solche Desinformationskampagnen duldet die Schweiz? Das widert uns an! Geschäft über Ethik? Widerlich!«

»Neutrale Interessenspolitik heißt das!«, schrie Wüst.

»Kriegspolitik ist das! Und wenn dieser Blocher im Herbst die EMS übernimmt, dann wollen wir lieber nicht wissen, was dann passiert! Was wetten wir, was dann passiert?«

»Wir sind hier nicht zum Wetten!«

»Dann liefert seine EMS-Patvag Munitionszünder nach Südafrika!«

»Was reden Sie denn da?«

»Wir beobachten das sehr genau, und wir werden handeln!«

»Wir? Wer ist denn dauernd dieses Wir?«

»Wir sind wir. Der ANC. Die Sowjetunion. Eure Zukunft.«

Das war zu viel. Wüst schob die Schreibmaschine zur Seite und schrie:

»Du rote Scheißschlampe!«

Und dann schlug er Ruth Gerhardt mit der Faust ins Gesicht.

Jasmina erschrak über sich selbst, als sie, angeschwipst von den Gin Tonics, die sie nacheinander hatte mittrinken müssen, die Butlerin am Arm packte und insistierte:

»Jetzt schauen Sie endlich das verdammte Foto an! Geben Sie zu, dass Sie ihn erkennen! Novosti, Sartorius, das ist doch alles eine Hand!«

»Aua! Sie tun mir weh!«, klagte Jana Grether, ließ sich zu Boden sinken und stellte sich tot.

# 26

Das Wochenende stand vor der Tür. Die kurze Abkühlung, die das Gewitter vor vierundzwanzig Stunden gebracht hatte, war Geschichte. Die Sonne brannte wieder auf Köpfe und Autodächer und Asphalt und schmolz alles zu einem müden, zeitlosen Brei. Glut hatte sich in den Vorraum des alten Luftschutzbunkers im Spiegelhof geflüchtet, wo er eine kalte Colaflasche aus dem Getränkeautomaten zog.

Ein junger Detektivkorporal betrat den Raum. Glut beneidete ihn um seinen Rang. Klar, die Bezahlung war dürftig, aber eigentlich hatte man als Korporal eine ganz gute Zeit.

»Heiner Gut?«, fragte der Mann.

»Glut.«

»Durstiges Wetter, nicht wahr?«

Ohne an einer Antwort interessiert zu sein, ließ sich der Korporal ebenfalls eine Cola raus.

»Allerdings«, sagte Glut.

»Zum Glück gleich Feierabend.«

»Bei mir ist seit dem ersten Arbeitstag Feierabend.«

»Das gibts«, sagte der Korporal und nickte viel zu lange mit dem Kopf, so als wolle er Dutzende eigene Erfahrungen andeuten.

»Ja«, sagte Glut bestimmt und versuchte damit das Nicken des Kollegen zu stoppen.

»Noch eine ganze Woche soll es neununddreißig Grad bleiben. Gar nicht schlecht, hier unten im Bunker. Neuerdings sogar mit Getränkeautomat«, sagte der Korporal und begann wieder lange mit dem Kopf zu nicken, diesmal so, als fielen ihm noch mindestens sieben weitere Beweise dafür ein, dass der Hauswart des Spiegelhofs gute Arbeit leistete. Heiner Glut sog den Rest Cola durch den Trinkhalm, bis es röchelte. Und weil er noch Durst hatte, suchte er mit dem Halm die letzten Tropfen in der Flasche zusammen. Der Korporal sah ihn an. Fließend ging sein Nicken über in ein Kopfschütteln.

»Ähm… Ich glaube, deine Flasche ist leer«, sagte er ernst.

»Wirklich?«, stellte Glut sich dumm und saugte weiter am Halm.

Es war ihm nach etwas Klamauk, aber der Korporal verzog keine Miene und sagte:

»Schade. Das Feuerwerk am 1. August wird auch abgesagt. Waldbrandgefahr.«

Glut röchelte lauter.

»Übrigens. Ich habe den Bericht über die Prügelei im Schwimmbad fertig«, sagte der Korporal ohne jedes Interesse und vermutlich nur, damit das Röcheln akustisch nicht überhandnahm.

»Was Wichtiges?«, fragte Glut, der eigentlich gehen wollte.

»Nö. Nur dieser eine Schlägertyp. Jörg Unternährer. Der mit der Visitenkarte von eurem Sartorius.«

»Jaja, weiß schon«, sagte Glut. »Die Karte steckte an

seinem Mofa, er hat sie nur aus Spaß eingesteckt, falls er mal Lotto spielen ... spielst du Lotto?«

»Nein.«

Plötzlich lachte der junge Kollege in sich hinein und bewegte den Kopf so, dass man gar nicht sagen konnte, ob es nun ein Nicken oder ein Schütteln war, es war eher ein staunendes, diagonales Winken, eine tickhafte Verbeugung vor der Rätselhaftigkeit der Welt.

»Was denn?«, fragte Glut ungeduldig, den diese bedeutungsvollen Wackeldackelgesten langsam nervös machten.

»Na ja. Der Junge war ziemlich gaga im Kopf.«

»War er das?«

»Ja. Faselte dauernd von einer atomaren Verseuchung der Schweiz. Und dass wir alle genetisch mutieren. Zu Zombies. Dass er kürzlich sogar schon eine Katze mit zwei Köpfen gesehen hat.«

Gluts Colaflasche fiel zu Boden.

»Verflucht!«

# 27

»Was ist passiert, Tom? Es ist verdächtig, wenn du so still dastehst«, sagte Bundespolizist Sutter außer Atem, nachdem er mit einem schwarzen Aktenkoffer unterm Arm endlich aufgetaucht war und als Erstes seinen Kopf unter den Wasserhahn in der Zimmerecke gehalten hatte.

»Ich hab das Verhör schon gemacht, Kurt«, sagte Tom.

»Du hast was gemacht?«

»Ich hab die Gerhardt schon verhört, und es ist schiefgelaufen, weil… Ich meine, diese Frau ist einfach ein Monster.«

»Spinnst du? Du hast das Verhör auf eigene Faust gemacht? Das ist fedpol-Sache!«

»Weiß ich doch.«

»Wo ist das Protokoll? Wer hat protokolliert?«

»Ich. Das heißt, nur die ersten Minuten.«

»Das Protokoll zuhanden fedpol, Tom!«

»In meinem Kopf ist es, das Protokoll. Ich hab das ausnahmsweise alleine durchgezogen, ich dachte, jetzt muss man den Moment ihrer Überrumpelung nutzen, und sowieso, wo warst du so lange, Kurt, man muss diese Eisen schmieden, solange sie heiß sind!«

»Spinnst du total? Der Fall ist heiß genug, Tom! Glaub mir, ich hab Neuigkeiten! Heißer gehts gar nicht!«

Wüst wurde unsicher. Was konnte schon groß vorgefallen sein, von dem er nichts wusste? Andererseits wars dann ja umso verständlicher, dass er keine Zeit verlieren wollte, wenn sich die Ereignisse überstürzten.

»Wo warst du so lange?«, verteidigte sich Wüst noch einmal, »ist doch klar, dass ich schon anfange, wenn du nie wie verabredet erscheinst.«

»Unfall auf der A2, bei der Hitze fahren alle wie Affen. Trotzdem hast du zu warten!«

»Was hast du Neues, Kurt?«

»Es betrifft ihren Mann. Wir haben ihn.«

»Wir?«

»Der Westen. Verhaftung durch den FBI in Washington, Übergabe an den CIA, Verhör und Übergabe an den BOSS. Zack, zack!«

»Ist ja sensationell!«, rief Wüst.

»Umso mehr hättest du sie nicht verhören dürfen, Tom. Der Fall ist international. Was hat sie gesagt?«

»Übles Zeug. Beleidigungen am Laufmeter. Das ist eine Landesverräterin durch und durch! Ich bin dann etwas ... Ich hab etwas die Kontrolle ... Sie leicht auf die Wange. Kleine Ohrfeige, ist mir rausgerutscht, Kurt.«

»So was will ich nicht hören! Scheiße, was ist los mit dir? Ich will davon nichts wissen, Scheiße, Tom, du bist raus. Hast du verstanden? Du bist raus!«

Kurt Sutter strich seine nassen Haare über den Ohren nach hinten, atmete ruckartig ein, bis seine Lunge voll war, dann stieß er die Luft kraftvoll wieder aus und betrat das Verhörzimmer. Wüst wollte gehen, schlich sich dann aber doch hinter die verspiegelte Scheibe, rieb sich die schweißnassen Hände an den Oberschenkeln ab und drehte vorsichtig den Lautsprecher auf.

Sutter platzierte ein Diktiergerät auf dem Tisch und eröffnete die Befragung von Ruth Gerhardt in hohem Tempo. Zwischen seinen Worten ließ er ihr keine einzige Pause.

»Frau Ruth Gerhardt? Kurt Sutter, Bundespolizei. Den Kollegen Wüst von der Kantonspolizei Basel-Stadt haben Sie ja schon kennengelernt, Sie wurden von ihm geschlagen, ich nehme das zu Protokoll und lasse Ihr Auge ärztlich untersuchen, der inakzeptable Vorfall wird für den Kollegen nicht ohne Folgen bleiben. Jetzt zur aktuellen Situation, Frau Gerhardt, wir wissen, wer Ihr Mann ist.«

Ruth Gerhardt blickte nicht einmal auf.

»Wir wissen alles«, sagte Sutter.

»Und ich dachte, ihr Christen kennt nur einen Allwissenden«, murmelte Ruth Gerhardt und schloss die Augen.

»Sie haben Ihren Mann 1968 bei einem Ferienaufenthalt in Klosters kennengelernt, stimmts?«

»Ach, Sie waren auch da? Ich hab Sie gar nicht gesehen, wie schade!«

»Ihr Mann, Dieter Gerhardt, 1936 in Kapstadt geboren. Er ist aufgestiegen bis zum Commodore im Kommandostab des Flottenstützpunkts Simonstone. Interessanter Ort, nicht? Der Hafen wird von vielen britischen Schiffen genutzt.«

»Wenn Sie es sagen.«

»Ich sage es, und ich sage noch viel mehr. Ihr Mann pflegt bis heute enge Verbindungen nach Großbritannien, weil er dort drei Jahre stationiert war und zum Marineoffizier ausgebildet wurde, stimmts?«

Ruth Gerhardt schwieg. Also fuhr Sutter fort.

»Ihr Mann versteht es auffallend gut, seine beruflichen Aufgaben als Commodore an seine Offiziere zu delegieren, sodass er selbst mehr Zeit hat. Zeit für was, Frau Gerhardt?«

»Sagen Sie es mir. Oder wecken Sie mich, wenn Sie das Leben meines Mannes zu Ende erzählt haben.«

»Zeit wofür, Frau Gerhardt? Ich würde das ganz gerne von Ihnen hören.«

»Na, Zeit für mich. Mein Mann und ich lieben uns.«

»Zeit für Moskau, Frau Gerhardt.«

»Ach!«

»Fünfmal war ihr Mann in den letzten Jahren in Moskau. Und Sie, Frau Gerhardt, haben ihn fünfmal begleitet. Wir wissen alles. Anfang der Sechzigerjahre ist Ihr Mann höchstpersönlich auf der sowjetischen Botschaft in London vorstellig geworden und hat Moskau seine Dienste angeboten. Sie haben einen Spion geheiratet, und das wussten Sie, Frau Gerhardt.«

»Wusste ich nicht. Aber interessant. Können Sie diese Märchen auch beweisen?«

»Als Commodore hatte Ihr Mann jahrelang Zugang zu militärischen Geheimnissen. Er hatte Einblick in jedes Detail der britischen Seeverteidigungsstrategie. Ihr Mann ist ein Top-Geheimnisträger. Ein Spion. Seit einundzwanzig Jahren ein Spion, Frau Gerhardt. Und Sie sind es nach der Heirat auch geworden. Eine brave Baslerin wird Spionin für Moskau und verdient viel, viel Geld. Fast möchte man da als Schweizer gratulieren, nicht wahr?«

»Alles, was Sie tun, ist fabulieren.«

»Dann fabuliere ich mal Folgendes: Seit vorgestern Abend mitteleuropäischer Zeit gehört Ihr Mann uns.

Dieter Gerhardt wurde in Washington verhaftet. Und wissen Sie, warum gerade jetzt? Weil man bei Ihnen, Frau Gerhardt, die Mikrofilme gefunden hat. Das war der rauchende Colt, den die Ermittler noch brauchten, um Sie beide als aktives Spionagepaar festzunehmen. Der definitive Beweis. Ihr Mann hat bereits alles gestanden und auf sich genommen. In ein paar Stunden wird er nach Kapstadt ausgeflogen. Dort kommt es dann zum Prozess wegen Hochverrats. Sie wissen, was in Südafrika auf Hochverrat steht.«

Ruth Gerhardt, die bis jetzt Haltung bewahrt hatte, legte sorgfältig die Hände auf ihr Gesicht. Dann sprach sie durch ihre Finger.

»Sie reden hier und reden und denken, Sie sind im Recht. Dabei haben Sie keine Ahnung, wer mein Mann ist. Woher Dieter kommt. Dieters Vater war ein glühender Anhänger Adolf Hitlers.«

»Ist uns bekannt. Dieter Gerhardt ist väterlicherseits Deutscher. Tut hier aber nichts zur Sache.«

»Nach dem Zweiten Weltkrieg wurde Dieters Vater interniert. Und dort, in der Internierung, ging die Nazi-Saat unter all den Hitleranhängern noch einmal auf. Verstehen Sie? In diesen Internierungslagern kam sie zur Blüte, die elende, nationalistische Afrikaaner-Bewegung. Der Broederbond.«

»Ich verstehe nicht, was das hier …«

»Nein, Sie verstehen gar nichts! Das ist es ja, Sie sind vollkommen selbst verschuldet ein vollständiger Idiot!«

Tom Wüst begann sich hinter der verspiegelten Glasscheibe auf den Moment zu freuen, in dem auch Sutter die Beherrschung verlieren würde.

»Frau Gerhardt, wir reden hier von Spionage«, sagte Kurt Sutter ruhig.

»Und genau das ist der Fehler!«, rief Ruth Gerhardt. »Der nationalistische Broederbond besetzte nach dem Krieg alle Schaltstellen. Ideologisch, personell. Die sind in Südafrika an der Macht, kapiert? Die Apartheid wurzelt im Nationalsozialismus, kapiert? Und Sie kommen mir hier mit Spionage? Fällt Ihnen wirklich kein faireres Wort ein? Mein Mann wollte auf keinen Fall werden wie sein Vater. Er ist in dieser Geschichte der Held. Während Sie, Sie sind hier Mittäter des Nazistaates. Und jetzt sagen Sie mir, wie ich Dieter telefonisch erreichen kann, oder lassen Sie mich in Ruhe!«

»Also so einfach geht das mit der Ruhe nicht, Frau Gerhardt. Ihr Mann wird immerhin angeklagt wegen des Verrats von Militärgeheimnissen Südafrikas, Großbritanniens und der NATO an die Sowjetunion. Einundzwanzig Jahre lang gingen Tausende von Seiten hochsensibler Daten als Mikrofilme nach Moskau. Das alles führt uns auch zu Ihrer Rolle, Frau Gerhardt. Als schweizerisch-südafrikanische Doppelbürgerin haben Sie Ihrem Mann seit mindestens dreizehn Jahren geholfen. Sie waren dem Commodore behilflich beim Codieren von Nachrichten. Sie schmuggelten die Informationen in Feuerzeugen und getarnten Mikrokameras. Ihr Kommunikationsnetz verfügte über tote Briefkästen, Funkanlagen, Kuriere. Und Sie hatten nachweislich zahlreiche persönliche Treffen mit sowjetischen Agenten, bei denen Sie ihnen Informationen über die Armee und die innere Sicherheit Südafrikas zuspielten. Sie und Ihr Mann haben für diese Spionagetätigkeit viel Geld erhalten.«

»Wie sind wir aufgeflogen?«, fragte Ruth Gerhardt plötzlich trocken.

»Na, dachte Ihr Mann wirklich, es würde keinem der Marineoffiziere auffallen, dass der sonst so militärisch überkorrekte Commodore, wenn er auf Reisen ging, zuverlässig vergaß, die dafür vorgesehenen Routineformulare auszufüllen? Also begann der BOSS Sie und Ihren Mann zu überwachen. Und wie Sie sich vorstellen können, war das Erstaunen groß, als man feststellte, welch luxuriösen Lebensstil Sie sich leisten. Während Ihr Mann in Amerika war, brachte eine Hausdurchsuchung in Kapstadt Kontakte mit dem KGB ans Licht. Man vermutet Zahlungen von über einer Viertelmillion Dollar für nachrichtendienstliche Aufgaben. Wie gesagt. Das ist Hochverrat. Und ich glaube nicht, dass wir besonders viel Druck ausüben müssen, um Sie dazu zu bewegen, nach Kapstadt zurückzukehren. Ich bin mir sicher, Sie wollen Ihren Mann noch einmal sehen, bevor man ihm den Strick um den Hals legt.«

»Damit liefern Sie auch mich aus, das wissen Sie.«

»Ausgeliefert haben Sie sich selbst, Frau Gerhardt. Ich sag mal so. Als Bäckerin hätten Sie diese Probleme nicht. So. Und jetzt sag ich Ihnen, wie das läuft. Sobald Sie in Kapstadt die Swissair-Maschine verlassen, werden Sie vom südafrikanischen Geheimdienst verhaftet.«

»Das ist illegal!«

»Bundesanwalt Gerber vom Eidgenössischen Justiz- und Polizeidepartement hat das selbst mit dem BOSS ver...«

»Schweine!«

»Lassen Sie mich ausreden! Sie können auch ...«

»Schweine!«

»Frau Gerhardt! Was ich sagen will. Sie können auch hier in der Schweiz bleiben und sich unserem Gericht stellen. Das steht Ihnen frei. Allerdings wird dann Ihre letzten Grüße an Ihren Mann der Henker überbringen müssen.«

Ruth Gerhardt schwieg.

»Ich will ganz offen sprechen. Die Situation ist doch die. Im Gegensatz zu Ihrem Mann müssen Sie nicht mit der Todesstrafe rechnen. Eine lange Haftstrafe, aber kein Todesurteil. Wenn Sie Ihren Mann also noch einmal sehen wollen, kostet das nicht Ihren Kopf.«

»Halten Sie schon den Mund!«

»Frau Gerhardt?«

Nach einer kurzen Stille und nachdem Ruth Gerhardt ihre Tränen abgewischt hatte, sagte sie leise:

»Ich fliege nach Kapstadt.«

Kurt Sutter, dessen Haare unterdessen getrocknet waren und lockig vom Kopf abstanden, schaltete das Diktiergerät aus, sah auf seine Armbanduhr und informierte Frau Gerhardt, dass sie kurz warten müsse, bevor sie in ihre Zelle zurückkehren dürfe. Wüst drehte den Lautsprecher aus, huschte geduckt zum Ausgang, eilte in den Gang und wäre beim Lift fast mit den beiden Unteroffizieren zusammengestoßen, die schon unterwegs waren, um die Spionin zurück ins Untersuchungsgefängnis zu begleiten.

# 28

Jörg rennt um sein Leben. Es piepst. Unbedingt muss er das Ende des über ihm hängenden Stahlträgers erreichen. Es piepst. Er braucht Luft nach oben, verdammt, wie soll er springen? *Pieps.* Schnell, jetzt, geschafft! Drei der vier Kranhaken hat sich Jörg in den letzten Minuten erobert. Sein Körper hat nur noch zwei Augen und zwei Daumen, einen auf der Kreuztaste, den anderen auf der Jumptaste. Drei Kranhaken hat er noch nie geschafft. *Pieps.* Jetzt keinen Fehler mehr, Sprung, und er wird sich, Sprung, und er wird sich den, Sprung, und er wird sich den verdammten vierten Haken, Sprung, holen! *Pieps.* Schnell weiter, sein Daumen trommelt auf die Kreuztaste, bis er die Leiter erreicht. Jetzt die Leiter hoch, Tonleitergeräusch, Jörg liebt es, wie dieses Tonleitergeräusch so wunderlich captainfuturemäßig durch die Ohren purzelt. Achtung, Fass von oben, Donkey Kong merkt, es geht für ihn ans Eingemachte, letzter Haken und man kann ihm Pauline rauben. Hoher Pieps eins, hoher Pieps zwei. Fässer rollen unter seinen Füßen vorbei. *Pieps.* Nächste Leiter. Das Tonleitergeräusch lasert durch die Gehörgänge, Jörg kann sich, *Pieps*, nicht satthören, aber dann klingelte etwas anderes, etwas Größeres, *Pieps*, im Erdgeschoss. In ungeduldiger Erwartung ihrer Nachbarin, die die Eiswürfelbehälter zurückbringen sollte, die sie für ihre Luftschutzkellerparty gebraucht hatte, öffnete Jörgs Mutter, doch statt der Nachbarin standen vier bewaffnete Polizisten vor der Tür. Jörg, außer Atem, stürmt, *Pieps*, über den Stahlträger, über ihm der Gorilla, tatsächlich ohne Fass. Was für ein Glück, der letzte Haken in, *Pieps*, Reichweite, der letzte Haken am Kranarm pendelt nach rechts, *Pieps*, warten, Achtung, Fass, der letzte Kranhaken, *Pieps*, pendelt nach links, jetzt Kreuztaste und dann Jump und dann, *Pieps*, vierter Haken und dann verliert der blöde Affe den Boden unter den Händen und Sieg und Triumph und Donkey Kong stürzt samt Stahlträger in die Tiefe und über Pauline blubbern endlich, endlich die Comic-Herzchen, aber Achtung, *Pieps*, letztes Fass, Haken schwingt nach rechts, Haken schwingt nach links, und da sprang die Zimmertür auf.

»Polizei, Hände hinter den Kopf!«

Als das Donkey-Kong-Spiel mit einem herzzerreißenden Error-Pieps zu Boden fiel, rastete Jörg aus.

»Ich wäre am Kran gewesen! Ich wäre, ich wäre am Kran gewesen! Am Kran, Ihr Scheißidioten, ich wäre an dem beschissenen Kran gewesen! Ihr Scheißaffen, ich hätte, ich hätte das Scheißspiel endlich gewonnen, ich wäre am Kran gewesen! Ich wäre am Kran gewesen, ihr elenden Bullenschweine, ich wäre am Kran gewesen!«

# 29

»Lesen, schreddern, Fährte aufnehmen«, hatte Wüst gesagt. Gelesen hatte Jasmina. Gleich nachdem er ihr den Umschlag überreicht hatte. Aber vor dem Schredder zögerte sie. Zwar hatte keins der Stichworte bei Jana Grether auch nur das Allergeringste ausgelöst, trotzdem war sie der Meinung, dass dieser vertrauliche Bericht in ihrem Kopf noch nicht den Wert hatte, den er verdiente. Er brauchte mehr Licht. Diese Informationen waren Mediensache, mindestens Chefsache, bestimmt aber nicht Schreddersache.

»Chef«, sagte Jasmina und schloss die Tür hinter sich.

»Neuigkeiten vom Friedhof?«, fragte Hess abwesend und trank aus einer Glasflasche Aproz-Mineralwasser.

»Nein. Aber da ich ja meine Finger vom Fall Novosti lassen soll … Hier wurde mir anonym ein Dokument zugespielt. Streng vertraulich. Ich glaube, das ist dieser Untersuchungsbericht der Bundesanwaltschaft, den alle sehen wollen. Du weißt schon. Novosti. Dachte, so was muss zu dir.«

»Gut, sehr gut, legs mir auf den Tisch!«

»Du hast ja gesagt, du nimmst die Sache jetzt selbst in die Hand, also … wo soll ich es hinlegen?«

»Jajaja, gut, Schatz, ich muss jetzt gleich zu Stähelin, legs irgendwohin«, sagte Hess und begann sich geschickt eine grüne Krawatte umzubinden, die Jasmina noch nie an ihm gesehen hatte.

»Hast du Simon gesehen?«, fuhr Hess fort. »Er wollte mir ein Wohnungsinserat zeigen. 4 Zimmer, 125 Quadratmeter, frisch renovierter Altbau, Nähe Margarethenpark.«

»Du ziehst um?«

»Wir, Schatz. Wenn wir heiraten wollen, sollen wir es doch gemütlich haben. Lift, großer Balkon, Cheminée im Wohnzimmer, 1380 Franken, na? Was zahlst du allein noch mal, da drüben in deinem Kleinbasler Loch?«

»Warum hilft dir Simon bei der Wohnungssuche?«

»Kennst ihn doch. Habs gestern nur nebenbei am Kaffeeautomaten erwähnt, dass ich eventuell was suche, und pling, sein fotografisches Gedächtnis hat sich sofort an ein Inserat erinnert. Das wollte er mir vorbeibringen.«

»Aha«, sagte Jasmina und schaute wieder das streng vertrauliche Dokument an, das sie fein säuberlich in der Mitte des Schreibtischs platziert hatte.

Hess begann seine Tasche umzupacken, holte drei Mappen heraus, die er bei dem Stähelin-Treffen offenbar nicht brauchte, und warf sie schwungvoll auf den Tisch, sodass Jasminas Umschlag fast weggefegt worden wäre. Dann eilte er in den Gang hinaus.

»Gießt du mir meine Haworthia? Danke!«, rief er über die Schulter.

Jasmina stand in Albert Hess' Büro, schaute den Umschlag an, schaute aus dem Fenster, goss das Grünzeug, schaute aus dem Fenster, schaute noch einmal den Umschlag an und blickte wieder aus dem Fenster. In die blaue Luft, wo gerade mit gut lesbarer Beschriftung eine Crossair-Maschine in den Himmel kletterte.

Hess liest das nicht oder liest es zu spät, dachte sie. Es muss einen Medienrummel geben. In diesem Bericht ist alles säuberlich recherchiert, hieb- und stichfest, die ganzen Vorwürfe an Novosti geheimdienstlich erfasst. Fände das einen Weg in die Medien, dachte Jasmina, käme vielleicht auch der Fall Gromow auf die Titelseiten. Ein Russe, getarnt als Hellseher und eventuell beteiligt an den Novosti-Aktivitäten, war umgebracht worden. Es ginge in der Sache Novosti nicht mehr nur um Vorwürfe, diplomatische Verwerfungen, Desinformation und Agitation, sondern um Mord zwischen Ost und West. Wenn es ihr dann gelänge, den Mörder zu finden, erreichte sie endlich den Status, der es ihr erlaubte, sich von Hess zu trennen, ohne den Job zu verlieren. Jasmina schaute den Umschlag an, schaute aus dem Fenster, schaute noch einmal den Umschlag an und blickte wieder aus dem Fenster. In die belebte Stadt hinaus.

# 30

Jasmina hatte Glut ins Métro bestellt, eine Bar in der Unterführung unter dem Centralbahnplatz, deren Ambiente eine Hommage war an die alte Pariser Métro. In regelmäßigen Abständen vibrierte die Decke von den schweren Tramzügen, die oberirdisch all die Einheimischen, die internationalen Geschäftsreisenden der drei Chemiekonzerne oder der Bank für Internationalen Finanzausgleich BIZ, die Pendler sowie die Touristinnen und Hotelgäste des Hilton, Euler, Metropol und Schweizerhofs aufsammelten und ausspuckten.

»Glut, setz dich!«, sagte Jasmina.

»Gemütlich. Fast wie ein Bahnwaggon«, blickte sich Glut anerkennend um, nachdem er am Métro bisher immer vorbeigegangen war.

»Ein Hauch Paris für uns, aber im Bunkerformat«, schmunzelte er weiter.

»Ins Métro zieh ich mich zurück, wenn ich nachdenken muss.«

»Worüber?«

Jasmina nahm einen Schluck Bier, eher einen großen Zug, denn das Glas war bis auf einen Schaumkolben leer, als sie es wieder auf den Tisch stellte.

»Ich mache dir ein Angebot.«

»Großes Bier, bitte!«, sagte Glut zum Kellner, der mit seiner Münztasche vorbeieilte.

»Zwei!«, rief Jasmina ihm nach, bevor sie sich zu Glut beugte und einen überraschenden Vorschlag machte.

»Wir tauschen die Fälle, Glut. Inoffiziell. Vielleicht hast du mit meinen Friedhofsvandalen mehr Glück als mit deinem Hellseher.«

Die Wände vibrierten. Glut, der beim Betreten des Métro darauf noch nicht geachtet hatte, erschrak.

»Ein Erdbeben!«

Jasmina lachte.

»Die Trams, Glut. Du sitzt direkt unter dem Centralbahnplatz, schon vergessen?«

»Verflucht.«

»Unsere Fälle, Glut. Tauschen wir sie?«

»Ungern.«

»Als Frau komme ich in dieses primitive Hooligan-Milieu niemals richtig rein. Du schon. Und wozu hab ich meine Sporen bei der Wirtschaftskriminalität abverdient? Die Rechnungsbücher deines Russen knack ich mit links. Zahlen sind meine Welt.«

»Ach, ich hab hier ein Rendezvous mit einer Mathematikerin?«

Glut schaute fragend in ihre hellgrauen Augen.

»Bankkonten, Geldströme, Geldwäsche, Briefkastenfirmen, meine Welt, Glut.«

Zwei frische Biere in beschlagenen Gläsern wurden zwischen sie gestellt.

»Es geht bei Gromow aber möglicherweise um den Fall Novosti«, sagte Glut.

»Ja, eben. Und du musst doch wirklich nicht gleich mit den ganz dicken Fischen anfangen.«

Glut trank und überlegte.

»Bist du ein dicker Fisch, Jasmina?«

»Ich, dick?«

»Die dickste Freundin des Chefs.«

»Nur, weil du mit mir um Mitternacht an einer Bar sitzt, werd ich dir hier nicht mein Privatleben ausbreiten.«

»Und ich dachte, das wird ein guter Deal. Mein Fall gegen dein Privatleben.«

Jasminas hell schimmernde Augen musterten Glut, während die Straßenbahnen an den Tischlampen rüttelten, die alten Führerstandslaternen nachempfunden waren. Weil Jasmina plötzlich nichts mehr sagen wollte, lauschten sie beide dem Fernseher über der Bar.

Ein Nachrichtensprecher berichtete von einem Hitzerekord im bayrischen Gärmersdorf. Mit 40,2 Grad sei dort die höchste Temperatur seit Beginn der Aufzeichnungen gemessen worden.

»Angeblich häufen sich in dieser Jahrhunderthitze explodierende Fernseher«, sagte Glut.

»Ich weiß«, sagte Jasmina.

»Ich bestell dir noch was.«

»Und dann gehen wir im Rhein schwimmen.«

»Nachts?«

»Sag bloß, du warst noch nie um Mitternacht im Rhein?«

»Wie käme ich dazu? Man müsste mich schon schubsen oder auf mich schießen, dass ich nachts da hineinspringe.«

»Na, dann! Aufs Schubsen und Schießen!«

»Auf den Deal!«

Jasminas Augen leuchteten auf.

»Das ist der Glut, den ich brauche!«, sagte sie. Aber Glut dachte, falsch, das ist der Glut, der dich mag.

»Ich muss dich warnen, Jasmina. Ein guter Deal ist das vielleicht nicht. Diese Novosti-Geschichte ist dubios. Mal abgesehen von Gromow. Was ich bisher so recherchiert habe und was die Bundesanwaltschaft über diesen einen Journalisten behauptet, diesen Martin Schwander, wie soll ich sagen? Das klafft auseinander.«

»Wie meinst du?«

»In Bern sehen sie ihn in einer terroristischen Gruppierung, und hier in Basel höre ich genau das Gegenteil. Drum hab ich mal vorsichtig in Bern nachgefragt.«

»Wirklich?«

»Ja. Aber meine Neugierde stieß beim EJPD auf wenig Begeisterung.«

»Die fühlen sich vermutlich von jeder Nachfrage kritisiert. Im Moment sind sie von den Medien unter Beschuss, weil sie den Untersuchungsbericht nicht rausrücken. Das müsste man halt ändern.«

»Wie auch immer, Jasmina. Ich hoffe, du kommst nicht in Schwierigkeiten, weil, egal wer hier lügt, die Bundespolizei oder das Umfeld dieser sogenannten Jugend-Terrorgruppe, mit beiden möchte man sich lieber nicht anlegen.«

Jasmina beugte sich über den Tisch und küsste Glut auf die Stirn.

»Der Deal steht. Und du hast was gut bei mir, Heiner Glut. Im Ernst. Du hast was gut bei mir.«

# 31

Um 15 Uhr 48 erreichte der Anruf eines bestürzten Mannes die Notrufzentrale des Spiegelhofs. Glut organisierte sich einen Unteroffizier und zwei Polizisten und informierte den Gerichtsarzt sowie die Spurensicherung darüber, dass sie sich bereithalten sollten.

Begleitet von einem Krankenwagen, traf Glut mit seinem Alarmpikett fünfundzwanzig Minuten nach dem Notruf in den Langen Erlen ein. Unweit des Weihers, wo die Modellbauer ihre motorisierten Segelschiffe und Polizeiboote zu Wasser ließen, hatte der Anrufer angeblich einen fürchterlich zugerichteten Mann gefunden. Die Ortsbeschreibung erwies sich als exzellent, denn obwohl das Gelände hinter dem Weiher schnell unübersichtlich wurde, brauchte Glut nur dem vom Anrufer beschriebenen Joggingpfad zu folgen. Der Pfad begann tatsächlich beim großen Vogelhausbaum, führte durchs Unterholz bis zu einer kleinen Holzbrücke mit Stauwehr, zog sich linker Hand weiter bis in die Brennnesselkurve und erreichte beim umgestürzten Baum rechts eine kleine Lichtung, wo zwei schwarz lackierte Holzbalken fürs Gleichgewichtstraining fitnessbewusster Jogger bereitstanden. Gekrümmt lag zwischen den Balken, auf dem Bauch, ein ungefähr dreißigjähriger Mann mit einem blutbedeckten Kopf. Die Notfallärzte konnten die Befürchtungen des Anrufers nur bestätigen und unternahmen gar nicht erst den Versuch einer Wiederbelebung. Der Mann war verblutet. Zerfleischt in Gesicht und Lendengegend von einem oder mehreren Kampfhunden. Die Polizisten sperrten den Tatort ab, der Unteroffizier bestellte Spurensicherung und Gerichtsarzt und machte erste Fotos. Glut fragte unter den Schaulustigen, die ihnen über den Joggingpfad schamlos gefolgt waren, nach Zeugen. Viele hatten, wenn überhaupt, nur von weitem Schreie und Gebell gehört. Ein Rentner mit Hut meinte, einen jungen Mann mit Hunden in besonders hohem Tempo Richtung Lörrach laufen gesehen zu haben, aber das sei ja nichts, was selten vorkomme, es wimmle hier von unerzogenen Kötern und ewig jungen Turnschuh-Deppen.

Der Mann, der die Polizei alarmiert hatte, ein gewisser Martin Meierhans aus Reigoldswil, blieb unauffindbar. Wie Glut später erfuhr, hatte er sich neben der weit entfernten Telefonzelle mehrfach übergeben und minutenlang weinend um Fassung gerungen, bevor er den ganzen Weg zurückkehrte und sich der Polizei vorstellte. Vorbildlich präzise gab er alles, was er gesehen hatte, noch einmal zu Protokoll.

Dann sah sich auch Glut das Opfer genauer an. Es trug ein Trikot der brasilianischen Nationalmannschaft, und am linken Unterarm war deutlich ein Tattoo zu erkennen. Drei Hundepfoten zu einem Dreieck angeordnet. Der Tote war Rolf Zutt.

# 32

Bundesrat Rudolf Friedrich, der unlängst vor Schülerinnen und Schülern einen Vortrag über die Schweizer Sicherheitspolitik gehalten und bei einigen der jungen Menschen den Eindruck eines »grauen Skeletts« hinterlassen hatte, wie sie dem begleitenden Kamerateam des Schweizer Fernsehens erfrischend offenherzig anvertrauten, dieser in der Tat hagere, jedoch große Mann mit paragrafentreuem Präzisionsanspruch war heute weit weg von seiner üblichen Verfassung.

Bisher kannten Bundesrat Friedrichs Mitarbeiter den Sechzigjährigen als aufgeweckten, beim Sprechen immer leicht auf den Zehen wippenden, leidenschaftlichen Juristen. Bei seinen pointierten Einschätzungen, sei es einzelner Dossiers, sei es der ganzen Weltlage, verwarf er am Ende eines Satzes gerne die vor dem Körper gestikulierenden Hände, als sei mit seiner gerade gemachten Aussage das besprochene Thema durchschaut und erledigt. Dieser Friedrich, der in einer Besprechung höchstens die linke Hand auf den rechten Handrücken legte und ungeduldig mit dem Zeigefinger auf den Handwurzelknochen trommelte, kam plötzlich gewaltig durcheinander mit dem Abnehmen und Aufsetzen seiner Lesebrille und verlor sogar seinen berühmten, elegant durch die Korridore des EJPD schleichenden Giraffengang.

Ungeheuerliches war passiert.

Der vertrauliche Novosti-Bericht der Bundesanwaltschaft war in mehrfacher Ausfertigung in anonymen Umschlägen an die Presse gelangt. Und jetzt wurde der Bericht genüsslich von den Journalisten der linken *WochenZeitung WoZ* und des *Tages-Anzeigers* gegenrecherchiert, zerzaust, lächerlich gemacht, in der Luft zerrissen. Die Friedensbewegung kündigte, zusammen mit dem angeschwärzten Novosti-Journalisten Schwander, unter dem Titel »Die Affäre Friedrich oder Lügen haben kurze Beine«, eine Publikation an, in der jeder Anklagepunkt gegen Novosti, jeder angebliche Beweis von illegalen, die Sicherheit des Landes gefährdenden Agitationen widerlegt werden sollte.

Friedrich war in der Sondersitzung mit Bundesanwalt Rudolf Gerber und dem Chef der Bundespolizei, Peter Huber, dessen seitengescheiteltes Haar jetzt schweißnass und dessen treuherziger Hundeblick jetzt vollkommen verfinstert war, ungewöhnlich laut geworden. Er verlangte eine gründliche Untersuchung des Lecks und ließ keinen Zweifel daran, dass er die Weitergabe vertraulicher Dokumente an die Presse als eine dem Landesverrat nahekommende Straftat betrachtete.

Bundesanwalt Gerber putzte seine schwarze Hornbrille und ordnete dann an, in allen Büros, in denen der vertrauliche Bericht aufbewahrt worden war, Fingerabdrücke zu nehmen. Dabei war der Kreis der Verdächtigen mehr als überschaubar. Nur den Bundesräten und allen an den Novosti-Sitzungen Beteiligten aus EDA und EJPD waren Exemplare zugestellt worden. Trotzdem verlangte Gerber, der Friedrichs Atem im Nacken spürte, allerpräziseste Genauigkeit bei der Untersuchung. Und diese Akribie sollte auch bald zum Erfolg führen.

# 33

Über den Münstertürmen brannte die Sonne ein großes Loch in den Himmel. Die Tauben saßen im Schatten und warteten auf die Dämmerung. Der Rhein floss nur noch wie zäher Honig aus der Schweiz hinaus, kam im zweigeteilten Flussbett Frankreichs und Deutschlands, vor dem Stauwehr, fast zum Erliegen und heizte sich auf. Auf den Baustellen wurde der Zement in halber Geschwindigkeit angemischt, Radfahrer fuhren im Schritttempo Richtung Freibad, die Altersheimbewohner lagen erschöpft in ihren Betten und versuchten sich an die kalten Winter der Jahrhundertwende zurückzuerinnern.

Im Spiegelhof kroch die Hitze aus den Wänden, sie staute sich unter den Zimmerdecken und türmte sich umgekehrt auf, bis hoch zu den einst kühleren Fußböden. In Schwaden entströmte sie den Sonnentrapezen, die alle paar Meter das Linoleum der Korridore okkupierten, sie stieg in jede Diensthose, floss durch die Ärmel und unter die Krägen der Polizisten, biss sich unter den Achseln fest, lackierte die Wirbelsäule, blähte die Bäuche, verwandelte die Unterwäsche in feuchte Höllen.

Albert Hess' Haare klebten dunkel im Nacken, in seinen Augenbrauen hingen Schweißtropfen, mit den

Handgelenken trocknete er sich sekündlich die Stirn, und aus den Mundwinkeln leckte er sich den salzigen Schweiß. Statt die frühabendliche Sondersitzung endlich zu eröffnen, kramte er endlos in seiner Aktentasche und mied jeglichen Blickkontakt mit seinem Team. Die Unzufriedenheit brannte in seinem Gesicht. Jasmina saß mit feuchten Schläfen am Tisch und holte die Lektüre der Basler Zeitung nach.

»Tödliche Rassentrennung. Pietermaritzburg. Reuter. In Südafrika ist ein schwarzes Kind an den Folgen eines Unfalls gestorben, nachdem ein für die indischstämmige Bevölkerung reserviertes Krankenhaus seine Aufnahme verweigert hatte. Der Leiter des Krankenhauses sagte, entsprechend den Rassengesetzen dürfe er Schwarze nur im äußersten Notfall aufnehmen.«

Tom stand breitbeinig vor dem Sitzungstisch und fixierte Glut, der nervös und viel zu oft die Asche seiner Zigarette abklopfte. Gleich wird er das Wort ergreifen, dachte Glut, denn Wüst stand nie lange so breitbeinig da, ohne zum Angriff überzugehen. Und so kam es.

»*War Games* gesehen, Glut? Ich gestern.«

»Und?«, fragte Glut, froh, dass es nur um Kino-Smalltalk ging.

»Katastrophal gut«, grinste Tom übers ganze Gesicht.

»Macht mal jemand die Fenster auf?«, fragte Hess, der immer noch gedankenabwesend in seiner Tasche kramte.

Jasmina, die am nächsten saß und nicht einmal aufstehen musste, um an den Fenstergriff zu kommen, erfüllte seinen Wunsch.

Straßenlärm, lautes Trambimmeln, das Martinshorn der Kollegen der Feuerwehr und die noch schwülere Luft erschlugen die vier Beamten sofort.

»Zu!«, rief Hess. »Ventilator!«

»Kaputt«, bemerkte Tom spöttisch.

»Wo ist Simon?«, fragte Hess ungeduldig und mied noch immer jeden Blickkontakt.

»Im Labor«, informierte ihn Glut.

»Umso besser. Wer beginnt?«

Niemand meldete sich.

»Sie könnten mal Ihr Hemd wechseln, Glut. Es schweißelt«, sagte Hess, nachdem er sich neben ihn hatte umsetzen müssen, weil die Sonnenstrahlen seinen Stammplatz grillten.

»War ein harter Tag, Chef«, sagte Glut.

»Ja? Das tut mir leid. Harte Tage, hm? Geht das hier allen so? Sprecht euch ruhig aus. Jetzt, wo uns die Bundespolizei den Hellseher abgenommen hat, bin ich ohne Arbeit, hm? Abgesehen von den Friedhofsvandalen, den Hausbesetzern und den von Kampfhunden zerfleischten Wochenendausflüglern hat Papi viel Zeit für euch.«

Ein Telefon klingelte. Hess nahm den Hörer ab, drosch ihn aber, ohne ihn überhaupt ans Ohr zu halten, gleich wieder auf die Gabel.

»Jasmina? Hast du Hitzewallungen? Oder warum wühlst du in einem Fall, den ich dir offiziell entzogen habe?«

Jasmina holte Luft für eine Antwort, doch Hess setzte seine Angriffe fort.

»Und Glut, hm? Kleinen Sonnenstich erwischt? Innert vier Tagen schwatzen Sie mir zwei Sturmtrupps auf! Beide ein Schlag ins Wasser. Acht Männer in Panzerwesten prügeln einen sechzehnjährigen Schreinerlehrling aus dem Bett!«

»Neunzehnjährig«, korrigierte Glut.

»Ach, und erinnert mich doch bitte dran, dass ich den hirnverbrannten Kerl, der von meinem Schreibtisch den hochvertraulichen Novosti-Bericht der Bundesanwaltschaft a) entwendet, b) kopiert und c) der Presse zugespielt hat, dass ich den d) höchstpersönlich umbringe.«

Aus dem Gang drang ein Explosionsgeräusch. Eine Stimme rief »Sorry!«, das Telefon klingelte, Hess nahm ab und hängte sofort wieder auf.

»Was haben wir noch?«, rief er in die Runde. »Genau! Wüst! Sie!«

»Chef, ich?«

»Sie schlagen beim Verhör einer Frau, die Sie gar nicht verhören dürften, mit der Faust ins Gesicht?«

»Kleine Ohrfeigen erhöhen das Denkvermögen.«

»Sie sind fristlos entlassen«, sagte Hess trocken.

Jasmina und Glut tauschten einen kurzen Blick und sahen dann wieder zu Hess, dessen Augen den sichtlich überrumpelten Wüst unerbittlich fixierten.

»Los! Sie können gehen.«

»Aber sehr gerne. Meine Herren! Prinzessin! Ihr habt soeben den Krieg verloren.«

Und dann knallte Detektivwachtmeister Tom Wüst die Tür so laut in den Rahmen, dass einige Kollegen im Gebäude dachten, es sei ein Schuss gefallen, und mit gezückter Waffe in den Gang eilten.

Das Telefon klingelte ein drittes Mal. Diesmal hörte Hess zu.

»Wir kommen«, sagte er und legte den Hörer auf.

»Unser Genie will uns was zeigen.«

# 34

Albert Hess, Heiner Glut, Jasmina Matter und Simon Isler lauschten andächtig Wolfgang Amadeus Mozarts Opernouvertüre *Die Entführung aus dem Serail.* Alle paar Takte streckte Simon die Hand aus und legte einen Kippschalter um. So kam die Musik abwechselnd von einem Plattenspieler und einem Plattenspieler für die neuartigen Compact Discs. Simon hatte sich offenbar von ein und derselben Aufnahme eine Schallplatte und eine Compact Disc besorgt, schaltete nun zwischen den beiden synchron laufenden Musikabspielgeräten hin und her und löste im Team großes Staunen aus. Denn während die erste Aufnahme klang wie immer, glitzerte bei der Compact Disc jeder Ton wie ein Diamant. Es war, als befände sich das Orchester der Academy of St Martin in the Fields in Simons engem Labor, beziehungsweise auf dieser nur handtellergroßen Silberscheibe mit öligen Regenbogenstreifen, die Simon vor aller Augen mit einem weißen Stoffhandschuh in eine sich wie von Zauberhand öffnende und wieder schließende Schublade gelegt hatte, woraufhin nur ein dumpfes Klacken zu hören gewesen war, bevor die Musik ohne Plattennadel und Tonarm eingesetzt hatte, abgetastet von nichts weniger als einem Laserstrahl, über den das Gerät, als wäre des Spektakels nicht genug, angeblich verfügte.

»Jetzt wieder die Schallplatte«, sagte Simon.

Jasmina, Hess und Glut konzentrierten sich mit heruntergezogenen Augenbrauen.

»Jetzt wieder die Compact Disc«, sagte Simon.

Jasmina, Hess und Glut hoben die Augenbrauen und nickten sich anerkennend zu.

Irgendwann wurde es Hess, der für klassische Musik, gemäß eigener Aussage, in seiner Freizeit viel übrig hatte, zu bunt.

»Großartig, Simon! Aber Simon, das ist es doch nicht, was du uns zeigen wolltest?«

»Nein, Haare, Chef. Haare.«

»Du brütest all die Tage immer noch über dem einen Haar aus Riehen?«

Simon nickte und sagte leise, ohne zu jemand Bestimmtem zu sprechen:

»Fahrlässig, dass in den USA wieder einunddreißig Mörder aufgrund von Haarproben verurteilt wurden und jetzt auf die Todesstrafe warten. Es müsste eine Art Compact Disc für Mikroskope geben, dann könnte man eines Tages vielleicht in die DNA hineinhören und hundertprozentige Sicherheit gewinnen, irgendwann aus der Desoxyribonukleinsäure vielleicht sogar Haar- und Augenfarbe herauslesen«, brummelte er.

»Simon!«, rief Hess ungeduldig.

»Was ich euch mitteilen will. Das Haar aus der Sartorius-Villa stammt mit siebzigprozentiger Wahrscheinlichkeit von einem Hund«, sagte Simon.

»Äh, Simon, falls du es beim Rossini-Hören …«

»Mozart.«

»Was?«

»Mozart«, sagte Simon.

»Ja, gut, falls du es beim Mozart-Hören nicht mitbekommen hast, den Fall Sartorius sind wir los. Das ist jetzt Zuständigkeitsbereich der Bundespolizei.«

»Gut, ich sage ja nur. Falls Hund, dann handelt es sich mit sechzigprozentiger Wahrscheinlichkeit um dieselbe Rasse wie beim Hund, dessen Haare wir an Jörg Unternährers Kleidung gefunden haben.«

»Diesem Schreinerlehrling?«, fragte Glut, der trotz der Hitze, die ihm in Simons Labor noch unerträglicher vorkam als in Toms VW-Käfer, neugierig geworden war.

Simon machte weiter.

»Unsicherheit auch bei der Erde, die wir an Jörg Unternährers Jeans gefunden haben. Mit nur fünfzigprozentiger Wahrscheinlichkeit stammt sie aus Sartorius' Garten. Aber. Einige Gewissheit habe ich beim Sohlenprofil in der Blutlache. Achtzigprozentige Wahrscheinlichkeit, dass es Unternährers linker Adidas ist.«

Alle sahen ihn angesichts dieser hochprozentigen Erläuterungen etwas ratlos an.

Simon befreite seine Kollegen.

»Sämtliche Wahrscheinlichkeiten nach dem Bayes'schen Theorem berücksichtigt, ergibt sich folgende Schlussfolgerung: Du hast den Mörder verhaftet, Glut.«

»Volltreffer?«, rief Jasmina ungläubig.

»Wie jetzt? Wir haben ihn? Vor der Bundespolizei?«, staunte Hess.

»Was ist mit Moskau? Was ist mit Kapstadt?«, schrie Wüst, der offenbar schon die längste Zeit im Türrahmen gestanden war und alle zu Tode erschreckte.

»Wüst, Sie sind ja immer noch da!«, ärgerte sich Hess.

»Schreinerlehrlinge ermorden keine Spione!«, schrie Wüst.

»Wen soll ein Schreinerlehrling denn sonst ermorden, Tom? In deiner Welt gibts ja nur Spione!«, schrie Glut zurück.

Tom Wüst schulterte seine gepackte Sporttasche und brüllte:

»Wir sehen uns im Krieg!«

Und dann war er endgültig weg.

# 35

Das Verhör mit Jörg Unternährer wurde von Albert Hess eröffnet. Glut stand zuerst nur an der Wand und sah zu, wie die Tischplatte ins Bauchfleisch seines ungeduldigen Chefs schnitt, während er sich Unternährers pubertäre Erklärungen anhören musste.

»Was kann denn ich dafür, dass uns fürs Länderspiel vierhundert Franken fehlten?«

»Wir reden hier nicht von vierhundert, wir reden hier von hundertfünfundzwanzigtausend Franken«, korrigierte Hess.

»Was? Sicher nicht!«, schrie Jörg auf, kratzte sich trotzig am Hals und machte weiter.

»Wir haben diese alte Frau überfallen, aber sie hatte nur dreißig Franken, da haben wir den Einbruch beim Tellplatz gemacht, aber das Fenster hat geklemmt… Das hab ich doch alles schon zugegeben.«

Glut glaubte diesem Muttersöhnchen. Er hätte seinen Kopf darauf verwettet, dass sich der zweite Mann das Geld allein unter den Nagel gerissen hatte.

»Und weil die alte Frau nur dreißig Franken hatte und der Einbruch missglückt war, habt ihr euch auf dem Wolfgottesacker ausgetobt?«, fragte Hess rhetorisch.

»Jaaa, aber das …«

»Zwanzig historische Grabsteine, dreißigtausend Franken Sachschaden und auf dem Heimweg noch rasch einen Robinson-Spielplatz mit Molotowcocktails abgefackelt?«

»Ja, aber das hab ich doch alles schon dem Jugenddingsanwalt erzählt!«

»Jetzt redest du mit der Kriminalpolizei«, machte sich Hess wichtig.

Glut, der sich extra hinter Jörg Unternährers Rücken platziert hatte, schaltete sich ein:

»Die Spurensicherung hat dein Schuhprofil am Tatort gefunden. Im Blut des Opfers. Fehlte eigentlich nur deine Unterschrift.«

Glut erntete einen anerkennenden Blick vom Chef. Das war genau die Art Zangenbefragung, die Hess mit ihm abgesprochen hatte.

»Scheiße, ich war das aber nicht«, rief Jörg. Seine Stimme konnte nun jederzeit ins Weinen kippen.

»Wie alt bist du noch mal, hm? Neunzehn? Reicht leider nicht mehr fürs Jugendstrafrecht. Die volle Strafe für Mord. Mindestens zwanzig Jahre«, sagte Hess.

Endlich geriet Jörg in Panik, und endlich flossen auch die Tränen.

»Er! Er hat geschossen. Er hat diesen alten Spinner gekannt.« Jörg wedelte mit den Händen vor seinem Gesicht, als wisse er in der Aufregung nicht mehr, wo es ihn juckte.

»Wer, er?«, bohrte Glut.

»Er war mal früher bei diesem Wahrsager, hat er gesagt, um irgendwas zu machen, ich weiß doch auch nicht… und da hat er dann diese Schickimicki-Villa gesehen und gedacht, der alte Spinner muss eine Menge

Kohle haben. Die wollte er sich halt holen mit mir… aber ich dachte, er habe sie nicht gefunden.«

»Wer, er?«, wiederholte Glut und sah, wie Hess die Augen rollte.

»Na, er! Er!«

»Er?«

»Wir nennen ihn nur den Barkeeper. Weil er den ganzen Tag mit Alkohol, Chemiezeug und Benzin spielt und irgendwelche Cocktails für irgendwelche deutschen Hausfriedensbesetzer mixt.«

»Und wo finden wir diesen Barkeeper?«

»Mittwoch!«

»So heißt seine Bar?«

»Nein, sicher nicht!«, lachte Jörg mitten im Weinen. »Am Mittwoch gehen wir ans Freundschaftsspiel Brasilien – Schweiz. Na ja, ich jetzt nicht mehr«, schluchzte er, als ihm einfiel, dass er in Untersuchungshaft saß.

»Und wie du da hingehst!«, schaltete sich Hess väterlich ein.

»Alle gehen wir da hin, wir sind große Fans von Sócrates«, sagte Glut.

»Und du brauchst da auch gar nichts zu tun. Du legst deinem namenlosen Barkeeper, der dich um deinen Anteil an der Hundertfünfundzwanzigtausend-Franken-Beute betrogen hat, einfach in der dreizehnten Spielminute den Arm auf die Schulter, und wir verhaften ihn.«

Jörg sank in sich zusammen.

»Scheiße, ich will, dass dieser Albtraum aufhört. Das ist alles nicht mehr cool«, meinte er.

»Nein. Cool ist hier schon lange nichts mehr«, sagte Hess zu dem Schreinerlehrling, lehnte sich zurück und blinzelte Glut zufrieden zu.

# 36

Mit sechzigtausend Fans war das Basler St. Jakob-Stadion restlos ausverkauft. Die Szenerie glich dem Statistenaufmarsch eines irrwitzigen Hollywood-Monumentalschinkens. Nur, dass die Leinwand Überlebensgröße hatte und keinen Sandalenfilm zeigte, sondern eine Menge, die die gesamte moderne Menschheit repräsentierte. In dieser Masse brodelte eine Vorfreude, die mit einem Fußballspiel eigentlich nicht zu erklären war. Etwas Größeres musste es sein, das die Herzen all dieser Menschen höher schlagen ließ. Die Ankunft eines Ufos oder des Erlösers, inszeniert als Popkonzert, oder aber die Rückkehr eines antiken Helden, in der Gestalt des brasilianischen Ballzauberers Sócrates. Als der Stadionsprecher die Zahl 60000 bestätigte und als bisherigen Schweizer Länderspielrekord bezeichnete, wogte eine jubelnde La-Ola-Welle durch die rot-weiße und grün-gelbe Arena. Ein Vorgeschmack darauf, was hier los sein könnte, wenn der Schweiz ein Tor gegen die Außerirdischen gelänge.

Glut beobachtete an sich ähnliche Fluchtreflexe wie damals im brennenden Wald, und er hätte sich wieder einen Urs Zeller an seine Seite gewünscht, der ihm den schnellsten Weg in einen sicheren Bunker zeigte. Stattdessen hielt Glut mit Jasmina und einem kleinen Einsatzteam vor Ort die Stellung, behielt Jörg Unternährer und seine Kumpels im Auge und erwartete mit Hochspannung die dreizehnte Minute.

Jetzt liefen sie auf den Platz, die zweiundzwanzig Spieler in Rot und in Gelb. Glut entdeckte Sócrates und versuchte an seinem Gang das Genie seiner Beine zu erkennen. Die Hymnen erklangen, das Stadion verwandelte sich in einen freudetrunkenen Chor der Zehntausend. Glut spürte seine Gänsehaut, während Jasmina eisern bei der Sache blieb, die Stellung beim Ausgang West hielt und das Funkgerät testete. Sie wollte wissen, ob man sich auch noch verstand, wenn der Lärmpegel der Fans hoch war. Ja. Glut konnte sie gut verstehen und fixierte mit den Augen weiterhin Jörg Unternährer, der jetzt ganz vorne in der zweiten Reihe in einer Gruppe von Jugendlichen stand, die so gar nicht zusammenpassen wollte.

»Auf wen tippst du?«, fragte Jasmina über Kanal 2 und klang so fern, als befände sie sich in einem ganz anderen Stadion, in einem ganz anderen Land.

»Brasilien.«

»Nein, ich meine: Glatzkopf, Vokuhila oder Irokesenpunk?«

»Die sehen irgendwie alle nicht wie Mörder aus«, sagte Glut.

Eine La-Ola-Welle erfasste ihn, aber er verpasste es, die Hände nach oben zu werfen.

Das Spiel begann hitzig. Die Schweizer Nationalmannschaft wollte ihren Fans etwas bieten und leistete den

Gästen aus Brasilien erstaunlich clever Widerstand. Ein Stürmer schaffte es sogar, sich über links durchzusetzen, der brasilianische Verteidiger hatte sich mit einer Finte überlaufen lassen und konnte den Schweizer nur noch durch ein Foul im Strafraum stoppen. Penalty für die Schweiz.

Andy Egli machte sich beim Punkt bereit. Die Spannung war mit Händen zu greifen. Glut schaute auf die Uhr, dreizehnte Minute, ausgerechnet jetzt. Worauf wartete dieser Jörg? Auf den Penalty?

»Objekt wechselt in die vordere Reihe«, sagte Jasmina auf Kanal 2.

»Was soll das?«, fragte Glut und verfolgte Jörg Unternährer, nicht ohne sich ein paar Seitenblicke zum Elfmeterpunkt zu erlauben.

»Welcher ist es? Siehst du was? Wo ist sein Arm?«, fragte Jasmina nervös. Ihre Stimme klang, als sei sie dabei, das Stadion zu verlassen.

»Da!«, schrie Glut, der Jörg wieder fest im Blick hatte. »Sein Arm! Es ist keiner von den dreien!«

»Bingo!«, rief Jasmina. »Es ist der Trottel mit der Basecap, mit der Druckluft-Fanfare! Zugriff. Zugriff!«

Jasminas Stimme zerbrach in hundert Tonscherben, und dann sahen sie, dass Jörg seinen Arm jedem seiner Freunde der Reihe nach auf die Schulter legte, ergriffen von einer Spitzfindigkeit, wie sie nur die Feigheit hervorbringt.

»Er umarmt alle, er umarmt sie alle! Wir verhaften sie alle«, schrie Glut in sein Funkgerät.

Plötzlich setzte der Typ mit der Basecap mit einem Sprung über die Werbebande der Basler Versicherung und rannte aufs Spielfeld. Über seinem Kopf schwenkte er einhändig ein Stoffbanner mit der Aufschrift »Stoppt den Cowboy«. Tanzend entwischte er einem Sicherheitsmann, und unter belustigtem Jubel aus sechzigtausend Kehlen und dem verdutzten Blick Andy Eglis schaffte er es bis ins Mittelfeld.

»Verflucht! Was wird das?«, schrie Glut immer wieder.

»Zugriff, verdammt! Objekt ist auf dem Spielfeld. Objekt auf Spielfeld!«, schrie auch Jasmina, die akustisch wieder zurück war.

»Gott, was macht er denn da? Was hat er denn da noch in der Sporttasche?«

Zwei Männer des Einsatzteams sowie fünf Sicherheitsleute überwältigten den Aktivisten, bevor er seine Sporttasche geöffnet hatte. Pfiffe und Jubel detonierten im Stadion. Kaum vorstellbar, dass Andy Egli dieses Spektakel noch toppen konnte.

Doch nachdem der Zwischenfall bewältigt und ebenso schnell vergessen war, wie er gedauert hatte, kam der Penalty endlich zur Ausführung. Der Elfmeterpunkt staubte weiß auf, als Egli den Ball mit dem Schuh traf und wuchtig ins linke obere Eck drosch. Die Betonstufen des Stadions erbebten unter dem gewaltigen Torjubel. Doch Glut, Jasmina und ihr durch mehrere Sicherheitsleute verstärktes Einsatzteam waren da mit Jörg, seinen Kumpels und dem Barkeeper längst in den Katakomben verschwunden und hantierten hektisch mit Handschellen.

Fast sei in der zweiten Halbzeit dann noch das 2:0 gefallen, erfuhren sie später. Leider hätten aber auch die Brasilianer einen Penalty zugesprochen bekommen.

Sócrates habe sich dieselbe linke obere Ecke wie Egli ausgesucht. 1:1. Und kurz vor Abpfiff überlistete ein brasilianischer Schädel noch die Reflexe des Schweizer Goalies. Der Sieg ging an die favorisierte Seleção, während zeitgleich, im Gefängnis Lohnhof, der Mörder von Danilo Gromow ein Geständnis ablegte.

# 37

Vierundzwanzig Stunden später widerrief Gabriel Grunder alias der Barkeeper sein Geständnis und behauptete, er sei tags zuvor bekifft und betrunken gewesen. Alles, was er im Stadion getan und auf der Wache gesagt habe, sei in einem Zustand »emotionaler Unberechenbarkeit« passiert und dürfe nicht gegen ihn verwendet werden. Er wolle sofort einen Anwalt.

»Du meinst Unzurechnungsfähigkeit«, korrigierte ihn Glut.

»Hab ich doch gesagt!«

Glut machte dem sogenannten Barkeeper klar, dass sein Bluttest weder eine nennenswerte Menge Alkohol noch irgendwelche Drogensubstanzen angezeigt habe, außerdem beweise die für die Aktion auf dem Spielfeld vorbereitete Sporttasche eindeutig die Vorsätzlichkeit seiner Tat. Und was den Mord an Gromow angehe, sei er heute Morgen von Kamerad Jörg Unternährer schwer belastet worden.

»Jörgi ist eine falsche Ratte«, sagte Grunder.

»Falsch oder nicht falsch, der arme Junge hat eine Riesenangst vor dir. Mit dem Mord an Gromow hat er dich erst belastet, als er sicher war, dass du wirklich Handschellen trägst«, sagte Glut.

»Und das glaubt ihr dann einfach so?«

»Wir glauben natürlich gar nichts. Aber wir haben mal eine Durchsuchung deines Hobbykellers angeordnet. Dort sind Dutzende Chemikalien, Molotowcocktails und im Tiefkühlfach, in einer leeren Pizzaschachtel, prompt die Tatwaffe gesichert worden. Mit deinen Fingerabdrücken. Das Widerrufen deines Geständnisses ist – ich würde es mal so formulieren – komplett sinnlos«, fasste Glut zusammen.

Gabriel Grunder zappelte trotzdem wie eine Hornisse im Netz. Seine Ausreden zuckten und brummten noch mindestens dreißig Minuten gegen die eindeutige Beweislage an, die ihn mit ihren reißfesten Fäden mehr und mehr umwickelte. Zuletzt steckte er in einem Kokon, aus dem nur überführte Mörder schlüpfen. Und so gab Grunder sich plötzlich seinem ganzen Frust und Hass hin. Fast, als wäre er erleichtert, dass endlich mal ein Polizist, den er als Endgegner betrachtete, von seiner Wut erfuhr.

Kriminalkommissär Heiner Glut protokollierte den Fall eines jungen Mannes, der sich vom Freundschaftsverrat durch Luzius Zutt nie mehr erholt hatte und niemandem mehr traute. Die Che-Guevara-Gruppe im Wald betrachtete er seit längerem nur noch als einen Haufen politisch ahnungsloser Dummköpfe, die genauso gut Paintball hätten spielen können. Jörg Unternährer hatte er an seiner Seite nur geduldet, weil er »erfrischend blöd«, ihm treu ergeben und vor allem jederzeit behilflich gewesen sei, wenn er seiner Haupttätigkeit, dem Beliefern gewaltbereiter Demonstranten mit Bannern und Molotowcocktails nachgegangen war. Doch die Chemikalien waren teuer und schwierig zu beschaffen, und die Empfänger zahlten manchmal weniger als versprochen, legten ihn herein oder prellten ihn ganz ums versprochene Bargeld. Gabriel Grunder hatte folglich dauernd Geldsorgen, dauernd eine Wut im Bauch und ein dauernd wachsendes Misstrauen gegen alle Mitmenschen. Was Danilo Gromow, alias Sartorius, anging: Diesen Wahrsager hatte er vor zwei Jahren aufgesucht. Im Gratisanzeiger *doppelstab* hatte er das Inserat entdeckt.

»Ich wollte von diesem Hellseher wissen, ob ich einmal ein großer Kämpfer werde. Der Che Guevara der Schweiz.«

Aber Sartorius habe ihn schroff abgewiesen, weil er nur neunzig Franken dabeihatte. Bei dieser kaltherzigen Abfuhr sei in ihm etwas zerbrochen. Trotzdem. Er habe Sartorius bald wieder vergessen. Bis er auf dem Höhepunkt der Verbitterung und mit akuten Geldsorgen, zusammen mit Jörg, durch die Nacht gestreift sei. Auf der Suche nach einem offen stehenden Fenster. Es war die Nacht mit dem missglückten Einbruchversuch beim Tellplatz und dem Wutanfall auf dem Friedhof Wolfgottesacker. Da sei ihm der Hellseher und seine schicke Villa wieder eingefallen. Die Waffe habe er immer bei sich getragen. Eigentlich zur Selbstverteidigung, aber dann. Als er diesen selbstzufriedenen, wohlhabenden Sartorius in seinem filmreifen, eitlen lila Bademantel gesehen habe, sei er durchgedreht.

»Ich musste das arrogante Arschloch, das mich vor zwei Jahren abserviert hatte, umbringen. Das war eine innere Stimme. Im Moment, wo ich geschossen habe, war ich verrückt. Das war nicht ich. Ich habe das ganze Magazin durchgeschossen.«

»Spätestens ab dem dritten Schuss hört der Totschlag auf. Sieben Schüsse sind klarer Mord«, sagte Glut.

»Na und? Dann ist es das halt. Jetzt ist alles egal. Alle sind mir egal. Und wer mir zu nahe kommt, stirbt«, sagte Gabriel Grunder und schaute Glut lange an.

Glut drückte seine Zigarette aus und bemerkte beiläufig:

»So wie Rolf Zutt?«

»Rolf Zutt war ein Idiot. Immer schon. Er hat das damals unbedingt gewollt, dass Luzi mich verrät. Zutt stand am Anfang dieser Scheiße. Und Zutt steht am Ende dieser Scheiße. Er hat mich erpresst. Niemand erpresst mich. Aber als Jörgi verhaftet wurde, wusste ich, dass er ernst macht. Als Nächstes hätte er mich verpfiffen.«

»Also hast du die Hunde auf ihn gehetzt.«

»Meinen Hund. Und zwar extra diesen Hund. Vor zwei Jahren hab ich ihn von Zutt geschenkt bekommen. Damit ich seinen Sohn in Ruhe lasse. Der Hund hat Zutt geliebt. Zutt hat ihn aufgezogen. Aber ich hab bewiesen, dass Liebe scheiße ist. Ich hab den Hund umprogrammiert. Hass schlägt Liebe.«

»Ich danke für das Geständnis«, sagte Glut und schaltete das Diktiergerät ab.

»Was, warte, wieso … hast du jetzt ein mieses Spiel gespielt? Ihr hattet gar keine Beweise gegen mich?«

»Bei Zutt keinen einzigen.«

»Hast du mich jetzt voll reingelegt, du Schwein?«

»Könnte man so sehen«, sagte Glut ruhig. »Im Übrigen war es nicht Zutt, der Jörg verpfiffen hat. Das waren unsere eigenen Ermittlungen. Solide Polizeiarbeit.«

Gabriel Grunder gab für den Rest des Tages keinen Mucks mehr von sich, und Glut nutzte die Zeit, um den Bericht für die Staatsanwaltschaft fertigzustellen.

# 38

Jakob Heiniger vom Bestattungsdienst Heiniger litt an diesem Freitag um 8 Uhr 30 an einem fürchterlichen Kater, als er Danilo Gromow im Institut für Rechtsmedizin abholte.

Nach dem Geständnis Gabriel Grunders war der Leichnam endlich zur Einäscherung freigegeben worden. Während Köbi Heiniger, der am Vortag im Kreise seiner Familie und später in feuchtfröhlicher Runde mit einem Dutzend bester Fasnachtsfreunde seinen fünfzigsten Geburtstag gefeiert hatte, sich auf einen Aktenschrank abstützte und sich von Gerichtsmediziner Roth versichern ließ, dass auch wirklich alle Fremdkörper wie Schmuck, Prothesen oder Zahnplomben entfernt worden waren, und während er danach noch alle erforderlichen Formalitäten erledigen musste, obwohl er fürchtete, sich gleich zu übergeben, feierte in Bern Bundesanwalt Rudolf Gerber keinen runden Geburtstag, aber einen Triumph.

Gerber putzte seine dicke, schwarze Hornbrille. Und dann verkündete er Bundesrat Friedrich, dass die akribischen Untersuchungen des Lecks zum Erfolg geführt hätten. Alle der Presse zugespielten Kopien hätten auf

Seite 10 einen dunklen Fleck aufgewiesen. Er, Gerber, habe das unverzüglich überprüfen lassen, und dabei sei klar geworden, dass der Fleck von einem Papierdefekt stamme, der sich ausschließlich im Exemplar des sozialdemokratischen Bundesrats Willi Ritschard zeigte.

Finanzdirektor Willi Ritschard weilte zum Zeitpunkt dieser für ihn ungünstigen forensischen Entdeckung im Krankenhaus, wo er sich einer Prostataoperation unterzog. Aber Helmut Hubacher, Präsident der Sozialdemokraten, sprang in die Bresche. Hubacher war entschlossen, seinen Bundesrat vor den Behörden, Parteien und Medien vehement in Schutz zu nehmen. Mit hektischen Saugbewegungen rauchte er in seinem Büro eine neue Pfeife an und überlegte sich deutliche Worte.

Danilo Gromow war in den Verbrennungsofen geschoben worden, wo er sich mitsamt seiner Kindernarben und tödlichen Schusswunden in nichts als Asche verwandeln würde. Damit dieses Kunststück gelang, erhöhte Heiniger die Temperatur stufenweise von neunhundert auf tausendzweihundert Grad Celsius.

Unterdessen sprach SP-Präsident Helmut Hubacher vor den Medien.

»Ich möchte darauf hinweisen, dass just im Vorfeld der anstehenden Wahlen vom Oktober die Unterstellungen durch FDP-Bundesrat Friedrich einem Kesseltreiben gegen unseren Bundesrat Ritschard gleichen.«

Kaum hatte die FDP von Hubachers unschönem Wort »Kesseltreiben« gehört, schaltete sie in allen Zeitungen Inserate mit dem Titel »Dolchstoßlegende«.

In der Anzeige, die die Partei einiges Geld kostete und jeweils den Drittel einer Zeitungsseite bedeckte, standen für alle, die genug Zeit hatten, folgende Vorwürfe zu lesen:

»Man kennt die rücksichtslose und überhebliche Art, mit der SP-Präsident Hubacher mit Bundesräten umspringt. Nun reitet Hubacher und die SP einen noch schamloseren Angriff auf Bundesrat Friedrich, dessen senkrechte Haltung bei der Schließung der Novosti-Agentur im Volk breite Zustimmung fand. Hubacher unterschiebt dem Zürcher Bundesrat, er könne die Popularität seines Kollegen Ritschard schlecht ertragen und versuche daher, ihn zu demontieren. Er wirft Bundesrat Friedrich sogar die Ungeheuerlichkeit vor, Ritschard bewusst in einem Augenblick angegriffen zu haben, da er im Spital lag. Da versucht eine Partei, die von Wahlniederlage zu Wahlniederlage eilt, mit gezielten Unwahrheiten neues Profil zu gewinnen. Und sie scheut sich nicht, dabei auch die Krankheit ihres Bundesrates politisch auszubeuten. So tief ist die einst stolze Arbeitnehmerpartei gesunken.«

Während Danilo Gromows Schwester die Formalitäten für die Überführung der Urne von Basel nach Leningrad erledigte, ging es Bundesrat Willi Ritschard bereits besser. Er konnte aus dem Krankenhaus entlassen werden und selbst Stellung nehmen zu der Anschuldigung, er habe Friedrich mit der Weiterleitung des Berichts an die Medien massiv schaden wollen.

»Ganz im Gegenteil«, betonte Ritschard an einer Pressekonferenz. Er sei ja selbst absolut überzeugt vom

Mehrheitsentschluss des Bundesrats. Er habe doch selbst dafür gestimmt! Aber als ihn einige Parteigenossen immer hartnäckiger bedrängt hätten, habe er den Bericht kopiert und den Kritikern einzelne Zitate daraus zukommen lassen. Er habe sie davon überzeugen wollen, dass die Maßnahmen des EJPD angemessen seien.

»Daraus zu folgern, ich hätte den Bericht samt und sonders den Medien zugespielt, ist ungeheuerlich. Ja, ich muss sagen, das will mir vorkommen, als wolle man sich an einem alternden Politiker die Schuhe abputzen«, sagte der von der Operation sichtlich geschwächte Willi Ritschard vor den Medien.

Die Sonne schien durch die fünf imposanten gläsernen Turmaufbauten des Flughafens Leningrad, als die Aeroflot-Maschine mit Danilo Gromows Urne landete und Gromows Schwester Tränen in ihr blumiges Taschentuch weinte.

Zeitgleich geriet in Bern auch Bundesrat Rudolf Friedrich in Bedrängnis, denn einige Schweizerinnen und Schweizer waren fest entschlossen, sich gegen ihn zu wehren. So sah sich Friedrich bald mit einer Sammelklage konfrontiert. Exakt tausendvierhundertdreizehn Bürger, die sich zur Friedensbewegung zählten und die sich durch die Äußerungen von Friedrich in ihrer persönlichen Ehre verletzt fühlten, erhoben Klage wegen Verleumdung, übler Nachrede und der irreführenden Behauptungen über eine ideologische Steuerung der Friedensbewegung durch Moskau.

Doch nur ein paar Tage später, während im Norden Leningrads, auf dem Friedhof Bogoslowskoje, ein trauriges Grüppchen, bestehend aus der Schwester von Danilo Gromow (gerollte Haarzöpfe über den Ohren, geschwollene Lider), Gromows Schwager (Glatze, starrer Blick), Gromows Nichte (Pfefferminzbonbon, herumschweifende Augen) und einem Cousin dritten Grades (Arbeitermütze, sehnsüchtiges Betrachten eines am Wegrand liegenden Zigarettenstummels), an der Urnenbeisetzung teilnahm, wurde in Bern die Sammelklage der tausendvierhundertdreizehn Bürger schon wieder abgewiesen.

Die Klage hätte nur eine Chance gehabt, wenn sich die Mehrheit des Nationalrats in Bern in einen putschartigen Rausch versetzt und Rudolf Friedrichs Immunität aufgehoben hätte. Doch damit war trotz des ausgewachsenen Medienskandals und der Demonstrationen in mehreren Städten naturgemäß nicht zu rechnen gewesen. Zudem hatte eine Petitionskommission des Nationalrats schon im Voraus geurteilt, dass der in der Sammelklage geltend gemachte Straftatbestand der Verleumdung und üblen Nachrede keineswegs erfüllt und daher die Immunität Friedrichs nicht aufzuheben sei. Diesem Antrag der Petitionskommission folgte der Nationalrat stillschweigend. Bis auf Moritz Leuenberger. Der schnurrbärtige SP-Nationalrat mit den stechenden Pupillen protestierte in aller Form gegen Bundesanwalt Rudolf Gerber und die Bundesanwaltschaft, weil diese sämtliche tausendvierhundertdreizehn Kläger registriert hatte. Sichtlich empört über diese Tatsache trommelte Leuenberger aufs Rednerpult.

»Liebe Nationalrätinnen und Nationalräte, ist Ihnen eigentlich klar, was so eine Registrierung für die Betroffenen bedeutet? Es bedeutet, dass diese Leute künftig keine Stellen beim Bund und wahrscheinlich auch keine

Posten in den kantonalen Verwaltungen mehr erhalten. Dass sie auf diese Weise kriminalisiert werden, beweist einmal mehr die bedenkliche politische Einstellung der Bundesanwaltschaft. Ich verlange, dass diese Registrierungen unverzüglich gelöscht werden!«

Im Nationalratssaal blieb es still. Ob aus Irritation über die ungeheuerliche, an die Stasi erinnernde Registrierungsaktion der Bundesanwaltschaft oder aus Missbilligung seiner Forderung, wusste Moritz Leuenberger in diesem Moment nicht zu sagen.

Mit der Abenddämmerung war es auch auf dem menschenverlassenen Friedhof Bogoslowskoje ruhig geworden. Aus der Erde eines frischen Blumengrabs zog eine Krähe einen Regenwurm, und aus dem langen Urnenhain winkte der Hellseher Danilo Gromow mit einem goldenen Seidenband ungesehen zum Abschied.

# 39

Glut wollte den Schlussbericht im Mordfall Sartorius und im Mordfall Zutt für die Staatsanwaltschaft fertigstellen. Aber die elektrische Schreibmaschine gab ihren Geist auf, es haperte mit dem Papiertransport, und Glut überschrieb immer wieder die obere Zeile oder verfehlte ihre Buchstaben nur knapp.

»Verflucht«, sagte er.

Da Jasmina nicht da war, griff er sich ihre Maschine. Er betrachtete lange ehrfürchtig die Tasten, stellte die Maschine dann zurück auf Jasminas Schreibtisch und machte sich auf den Weg in den Materialraum. Wenn er sich richtig erinnerte, standen dort noch ein paar Ersatzmaschinen.

Als sich die Tür des erst kürzlich reparierten Lifts nur wackelnd schloss, das Licht flackerte und die Kabine den Abstieg ins Untergeschoss für mehrere Sekunden verweigerte, spürte Glut die Unzulänglichkeit seiner Behörde. Zwar waren die beiden jüngsten Mordfälle gelöst, aber befreit fühlte sich Glut nicht. Dieser Barkeeper hatte ihm etwas klargemacht. Ohne den Kalten Krieg und ohne das Feindbild USA wäre Gabriel Grunder ein anderer Mensch geworden. Zwar wäre er trotzdem in Selbstmitleid versunken, weil er in der Gesellschaft keinen Platz gefunden hätte, aber er hätte sich nicht als Kämpfer gegen den Westen neu erfunden. Das Selbstmitleid hätte sich nicht verwandelt in die Idee, einen historischen Auftrag zu haben, eine Mission. Die Mission, es Che Guevara gleichzutun, den Kapitalismus zu bekämpfen und jeden Verräter auszuschalten. Dass er dabei der Erste war, der seine Ideale verriet, wenn er mit gestohlenem Geld eine Seiko-TV-Uhr kaufte, bemerkte er gar nicht. Der Glaube an seine Mission gab ihm ein Gefühl der Unfehlbarkeit.

Glut verließ den Lift. Er zündete sich im dunklen Korridor eine Zigarette an, wodurch sein Gesicht kurz auf dem Glaskasten aufflackerte, der an der Wand einen zusammengerollten Feuerwehrschlauch vor Staub und Motten schützte.

Nicht, dass Glut Menschen wie Gabriel Grunder wünschte, weinend in ihren Zimmern zu sitzen oder unsichtbar unter Brücken zu verschwinden, aber dieser mörderische Kampfeinsatz, zu dem sie sich jetzt, in diesen kalten Kriegszeiten, freiwillig meldeten und bei dem sie zu ihren eigenen, omnipotenten Vorgesetzten wurden, machte ihm Angst.

Glut sah vor sich wieder den ausgelöschten Hellseher mit aufgeplatztem Hals in seiner Blutlache liegen und auch das von den Hundezähnen brutal zerfleischte Gesicht des Familienvaters Rolf Zutt.

Am Ende des Gangs lag der finstere Materialraum. Der Lichtschalter befand sich unter einer Gummimembran, die das Schaltergehäuse abdeckte, als müsse die Elektrik hier auch bei Hochwasser funktionieren. Über der Bodenleiste wuchs ein Schimmelpilz. Auf den Regalen standen zahlreiche Kisten mit Druckerpapier, Schreibutensilien, Locher, Bostitche, alte mechanische Schreibmaschinen, aber keine elektrische. Also packte Glut eine der mechanischen, die ohnehin noch zahlreich in Gebrauch und vielleicht sogar zuverlässiger waren.

Wieder im Lift nach oben, erfasste Glut ein Unbehagen. Alle hatten sich verrannt. Wüst, Jasmina, er selbst. Dass sich die ganze Welt, von Novosti über ein südafrikanisches Spionagepaar bis hin zu einer jugendlichen Che-Guevara-Gruppe, in der Sartorius-Villa zu verschwören schien, war nichts als eine optische Täuschung gewesen. Aufgestachelt durch die politischen Zeiten und Schlagzeilen, waren sie alle auf diese Täuschung hereingefallen. Zuletzt sogar die Bundespolizei. Angezählt von der Medienschlacht rund um die Novosti-Schließung, entzog das fedpol dem Basler Kriminalkommissariat den Fall Gromow, in der Hoffnung, bei diesem Russen, in dessen Büchern das Wort Novosti vorkam, irgendwo doch noch ein rotes Kommunistenhaar zu finden, das Rudolf Friedrichs Hexenjagd der letzten Wochen gerechtfertigt hätte.

Glut steuerte die Kantine an. Er stellte die Schreibmaschine neben dem Kaffeeautomaten auf den Boden und warf Münzen ein. Während der frische Kaffeeduft den Raum erfüllte, plagte ihn weiterhin und seltsam deutlich ein Unbehagen. Als ob etwas Entscheidendes fehlte. Glut pustete auf den schwarzen Kaffee und grübelte.

Sartorius war nie ein Marionettenspieler gewesen, sondern von Anfang an nur der Haken im Puppenschrank, an dem sich die Marionettenfäden verfingen. Dieser Hellseher machte nur sichtbar, was sonst im Dunkeln geblieben wäre. So betrachtet war Sartorius, wenn auch nicht in seinem Sinne, tatsächlich ein Hellseher, studierte Glut. Einer, der die Ängste seiner Klientinnen und Kritiker erhellte. Der Wahrsager war wie dieser Schimmelpilz im Materialraum. Hätte man den Existenzgrund des Schimmels untersucht, wäre man auf Feuchtigkeit, Baumängel, vernachlässigte Unterhaltsarbeiten, menschliche Unzulänglichkeiten gestoßen, doch niemand hätte behauptet, dass der Schimmel die Ursache dieser Unzulänglichkeiten sei. Okkultisten sind gesellschaftliche Symptome, dachte Glut. Sie offenbaren die schon vorhandenen menschlichen Abgründe. Trotzdem. Ewas Entscheidendes in diesen Überlegungen fehlte, das konnte Glut förmlich unterm Brustbein spüren. Er kam nur nicht dahinter, was es war.

Er pustete weiter in den Kaffee, spürte kaum mehr heißen Dampf und nahm einen kräftigen Schluck.

Was fehlte dem menschlichen Auge, dass es auf optische Täuschungen hereinfiel, fragte sich Glut. Zum Beispiel dieser von Wüst beim Kunstmuseum verhaftete Kurier. Gemäß Protokoll ein ungeduldiger Mensch. Einer, der stets heute schon wissen wollte, wie übermorgen der Kalte Krieg enden würde. Mit dieser Ungeduld war er vor Monaten auf Sartorius' Inserate gestoßen, hatte an mehreren spirituellen Sitzungen teilgenommen, sich tröstlich den Sieg des Kommunismus über ganz Südamerika, die USA und Europa voraussagen lassen, mehrere Exemplare dieses *Dritten Testaments* gekauft und verschenkt. Und nur darum, wegen der persönlichen Vorliebe dieses einfachen Kuriers, war der Föhrenweg 11 überhaupt zum Treffpunkt geworden. Aber Wüst und Glut folgerten aus dieser Zufälligkeit, dass Gromow, neben seinen Zahlungen an Novosti, auch noch als operatives Drehkreuz zwischen Moskau und Kapstadt fungieren musste. Dabei hatte dieser Gromow vermutlich noch nie etwas von Simonstone oder Ruth Gerhardt gehört. Sartorius war genauso wenig eine Spionagedrehscheibe gewesen wie ein heimlicher Geldgeber für eventuelle illegale Aktivitäten der sowjetischen Nachrichtenagentur Novosti. Das hatten die Kollegen von der Wirtschaftskriminalität mittlerweile einwandfrei nachgewiesen. Aber Glut und Jasmina hatten sich von Wüsts Rudolf-Friedrich-Manier anstecken lassen und blitzschnell mit der Vorstellung angefreundet, dass hinter diesem Mord mindestens ein ideologischer Kampf im Geiste des Kalten Kriegs stecken musste. Zuletzt war die Riehener Wahrsager-Praxis nicht einmal ein sexuelles Sodom und Gomorrha gewesen, wie gewisse Nachbarn fürchteten. Unterm Strich war Danilo Gromow allerhöchstens ein homosexueller Esoteriker mit einer Neigung zu Verschwörungstheorien und einem großen Vermarktungstalent. Weder war das justiziabel, noch stand darauf die Todesstrafe in Form einer nächtlichen Hinrichtung durch sieben Schüsse.

Glut warf den leeren, noch warmen Pappbecher in den Müll und hob die Schreibmaschine wieder auf.

»Verflucht, was fehlt mir? Warum dieses Unbehagen?«

Als er die Maschine durch den Gang trug, wurde es noch stärker. Lag die Ursache in der Zeit, die er durch seine defekte Schreibmaschine und den damit verbundenen Ausflug in den Materialraum verloren hatte? Das Unbehagen fehlender Effizienz? Warum hatte er den Bericht nicht einfach auf Jasminas Maschine geschrieben? Was war sein Problem, wenn die Kollegin an ihrem Arbeitsplatz doch fehlte?

Rechtlich, das hatte Glut heute Morgen nachgeschlagen, wurde Wahrsagerei in den meisten Fällen als unterhaltende oder spirituelle Aktivität eingestuft. Solange diese modernen Zauberer sich an bestimmte Regeln hielten, keine betrügerischen oder irreführenden Praktiken ausübten und keine verleumderischen, aufrührerischen, politischen Aktivitäten entfalteten, kamen sie mit dem Gesetz nicht in Konflikt. Trotzdem beabsichtigte Glut, sich für die Zukunft schlauzumachen, was das Konsumentenschutzgesetz sagte. Zumal ihm die Butlerin bei der letzten Begegnung versichert hatte, sie werde Sartorius' Lebenswerk weiterführen und angesichts der »von Amerika gesteuerten Aidsseuche« für die unterdrückten Wahrheiten kämpfen.

Endlich betrat Glut mit der Schreibmaschine unterm Arm sein Büro. Jasmina. Während er im Materialraum gewesen war, musste sie hier gewesen sein. In der Luft schwebte frischer Zigarettenrauch, auf ihrem Schreibtisch fehlten ihr Schlüsselbund und ihre Sonnenbrille.

Auf seinem eigenen Schreibtisch fand Glut einen Zettel. In Jasminas kraftvoller Handschrift stand da etwas geschrieben, das Gluts Unbehagen sofort durch Nervosität ersetzte.

Auf dem Zettel stand:

»22 Uhr im Métro. Bitte komm!«

# 40

Die Raumdecke vibrierte in regelmäßigen Abständen unter den schweren Tramzügen. Glut wartete seit bald zwei Stunden auf Jasmina. Gleich war es Mitternacht.

Aus dem laut aufgedrehten Fernseher über der Bar hatte er unterdessen alles zur Lage der Welt erfahren. Über eine Million Menschen würden am kommenden Wochenende eine hundert Kilometer lange Kette bilden, um für Frieden und Abrüstung und gegen die Stationierung neuer atomarer Mittelstreckenraketen im Zuge des NATO-Doppelbeschlusses zu demonstrieren. Außerdem sei soeben der Asteroid 1983-LC mit hundertdreißigtausend Stundenkilometern knapp an der Erde vorbeigerast. Glut bestellte sein fünftes Bier und ein Päckchen Select, als Jasmina endlich auftauchte. Ohne ihm in die Augen zu schauen, sogar ohne ihn zu grüßen, setzte sie sich an seinen Tisch, ergänzte seine Bestellung um ein Glas Rotwein und stützte das Gesicht in Hände, deren Finger tief in ihren Dauerwellen verschwanden.

»Grade haben die im Fernsehen von einem Kometen berichtet. Um wenige Millionen Kilometer verfehlte er die Erde. Drittnächster Streifschuss in der Geschichte der Wissenschaft«, sagte Glut.

»Dann bist du ja noch mal davongekommen«, erwiderte Jasmina.

»Du nicht?«

Sie kippte den Kopf auf die rechte Handstütze und schaute ihn begriffsstutzig an.

»Gehts dir schlecht?«, fragte Glut besorgt.

Sie hob ihr Glas, trank es in einem Zug aus und meinte:

»Gratuliere, Glut. Du hast die Mordfälle Gromow und Zutt gelöst. Glückspilz.«

»Vom Brandstifter zum Glückspilz, ja. Verflucht großartig.«

»Jetzt wirst du wohl doch nicht Tierarzt«, lachte Jasmina, ohne die Mundwinkel hochzuziehen, und hatte plötzlich Tränen in den Augen.

»Jasmina, was ist denn mit dir?«

»Sogar Wüst ist erfolgreich.«

»Wüst?«

»Kaum von Hess in die Wüste geschickt, beteiligt er sich jetzt in Luzern an einer großen Zivilschutzübung. Geht mit dreißig Freiwilligen zwei Wochen in einen städtischen Bunker und probt den atomaren Ernstfall. Na ja, den Bunker gönn ich ihm.«

Jasmina lachte erneut durch einen traurigen Mund, und die Tränen liefen ihr über die Wangen.

»Verflucht, Jasmina. Was ist los?«

»Nichts. Ich heirate.«

Glut schwieg.

»Danke, dass du nicht gratulierst. Und jetzt lass uns die Klappe halten und fernsehen.«

Eine schwarz-weiße Werbung flimmerte über den Bildschirm. In einem Hotelsaal tanzte eine Gruppe Senioren Walzer. Plötzlich drehte sich mitten im trüben Schwarz-Weiß eine blau gekleidete Frau ins Bild und eine Männerstimme im Off erklärte:

»Doppelherz für Kreislauf, Herz und Nerven. Sie fühlen sich wie ein neuer Mensch, wie neu geboren, voller Schwung und Energie. Mit frischen Kräften macht das Leben doppelt Spaß. Dabei sein ist doch so einfach. Mit Doppelherz, dem Energieprogramm für Kreislauf, Herz und Nerven.«

Packung und Flasche des Doppelherz-Safts standen groß im Bild, neben einem eingeschenkten Glas, das verblüffend Jasminas Weinglas glich.

»Wäre dieser Doppelsaft nicht was für die Katze der Butlerin?«, fragte Glut und zwinkerte Jasmina zu.

Jasmina schaute Glut an und nahm seine Hand in ihre. So saßen sie mehrere Minuten. Glut brauchte ein Weilchen, bis er ihrem verlorenen Blick standhalten konnte, und wahrscheinlich waren das die seltsamsten Minuten seines bisherigen Polizistenlebens.

»Es gibt viel zu tun. Packen wirs an«, sagte im Fernsehen die Männerstimme des Mineralölkonzerns Esso.

# 41

Der Organist stimmte Mendelssohns Hochzeitsmarsch an. Nach Albert und Jasmina Hess schritt auch die Festgesellschaft aus der Kirche und befolgte dabei blind die ungeschriebene Regel, dass das stets im Schritttempo eines Leichenzugs zu geschehen habe.

Vor der Kirche mussten alle von irgendeiner Überraschung in Ekstase versetzt worden sein, denn plötzlich grölten sie und stimmten ein »Hoch sollen sie leben« an.

Glut war in der dritten Kirchenreihe sitzen geblieben und studierte das merkwürdig traurige Hellgrün der Stoffbahn, die über den Altar gelegt war. Die matten Aquarellfarben, die in Kirchenräumen und Kirchenbroschüren Verwendung fanden, strahlten zuverlässig eine lahme Sinnlichkeit aus, die Glut nervös machte, und es war auch an dieser kirchlichen Hochzeit alles traurig und lahm gewesen.

Albert Hess hätte in Gluts Vorstellung vielleicht knapp in ein Standesamt gepasst, aber bestimmt nicht in eine Kirche. Und Jasminas Gesicht hatte über ihrem beige-weißen Kleid mit den breiten Schulterpolstern keine Sekunde Freude ausgestrahlt. Wenn er nur dahinterkäme, warum sie ihren Chef geheiratet hatte. Hess war natürlich eitel genug gewesen, die halbe Belegschaft des Spiegelhofs einzuladen, und niemand, der ihm heute und in Zukunft seinen Job verdankte, wollte die Einladung ausschlagen.

Auf einmal stand Urs Zeller vor dem Altar.

»Betest du? Willst du nicht rauskommen? Der Fotograf bittet zum Gruppenbild. Inklusive 99 weiße Luftballons.«

»Danke, ich bleibe im Kühlen. Die Sonne bekommt mir nicht.«

»Du grübelst wieder. Waldbrandgefahr?«

»Irgendwie ist das nicht mein Sommer.«

»Du hast den Mörder gefasst, Glut. Mehr geht nicht, man kann die Welt nicht retten.«

»Was rettet man dann?«

»Rette Jasmina!«

»Jasmina?«

»Na, sie muss mächtig in der Patsche gesessen haben.«

»Wie meinst du?«

Urs Zeller setzte sich in die erste Reihe, sah sich um und sagte leise:

»Novosti. Sie war es, die den vertraulichen Untersuchungsbericht an die Medien spielte.«

»Unsere Jasmina?«

»Wie nennt man das noch mal? Verletzung des Dienstgeheimnisses, Verletzung der Amtsverschwiegenheit?«

»Aber wieso sollte sie so etwas tun?«

»Wieso? Weil sie eine karrieregeile Hyäne ist!«

Glut fragte sich, woher plötzlich dieser gehässige

Ton kam, und vermutete dahinter eine größere Geschichte. Doch statt danach zu fragen, konterte er:

»Falsch, Urs. Weil sie als die einzige Frau es uns Kalten Kriegern zeigen wollte.«

»Mir kommen gleich die Tränen. Jedenfalls hat Hess Jasmina den Hintern gerettet.«

»Hess rettet keinen Hintern ohne Gegenleistung!«, protestierte Glut.

»Eben.«

Erst jetzt, als draußen vor der Kirche die geladenen Gäste in den trivialen Niederungen sektverblödeter Hochzeitsgesellschaften angekommen waren und »Küssen, küssen« skandierten, verstand Glut. Jasmina hatte Hess geheiratet, weil er ihr andernfalls mit einer Disziplinarmaßnahme gedroht hätte, mit einer Degradierung, einer strafrechtlichen Verfolgung, vielleicht sogar einer Haftstrafe.

»Ich muss an die Luft«, sagte Glut und erhob sich aus der Kirchenbank.

»Warte, wir können hinten raus, durch die Sakristei.«

»Du kennst dich hier aus?«

»Ich war hier im Konfirmandenunterricht«, lachte Zeller. »Ich glaube, ich rette dich nicht zum letzten Mal.«

»Bist ein echter Freund, Urs, danke.«

Durch einen schmalen Seitengang mit dunklen, hohen, einem englischen Gruselfilm entliehenen Holzschränken und einen quadratischen Raum mit Zinntellern an der Wand gelangten sie ins Freie. Die Sonnenhitze verschlug einem den Atem. Trotzdem suchte Glut sofort über den Kiesweg das Weite.

»Warte, wo willst du denn hin?«, rief Urs Zeller, der die Hochzeitsfeier lieber zu zweit hätte schwänzen wollen.

»Irgendwohin!«, rief Glut.

»Vorsicht, Grabsteine!«

»Verflucht!«

Glut touchierte prompt ein steinernes Kreuz, flüchtete mit schmerzverzerrtem Gesicht aus dem kleinen Friedhof, humpelte quer durch einen privaten Garten, schaffte es runter zur Hafenstraße und Richtung Deutschland.

# 42

Eine Demonstrantin, die Heiner Gluts Verzweiflung falsch interpretierte, trat auf ihn zu.

»Deine Hand, Bruder!«

Glut begriff erst gar nicht, dass er gemeint war, und versuchte auszuweichen, doch die Demonstrantin, die sich all der Kameramänner und all der Presseleute, die vor Ort filmten und interviewten, bewusst war, ergriff energisch seine Hand.

»Was wird das?«

»Eine Kette für den Frieden. Heute geht sie durch Deutschland, morgen durch die Welt.«

Glut las die Schilder der Männer, Frauen und Kinder, die beschriftete Stirnbänder und gelbe und hellblaue Luftballons trugen und die ganze Straße besetzt hielten.

»Nein zum NATO-Doppelbeschluss!«, »Nein zur Stationierung neuer atomarer Mittelstreckenraketen«, »Frieden schaffen ohne Waffen«.

»Deine Hand, Mann, ARD und ZDF sind da!«

»Finger weg! Ich wollte hier nur Luft schnappen!«

»Wenn du mir die Hand gibst, bist du das letzte Glied.«

»Ich? Das letzte?«

»Klar. Die hundert Kilometer lange Kette endet hier.«

Glut musste lachen.

»Wie? Der Weltfrieden endet an der Schweizer Grenze?«

»Na, ihr braucht den doch gar nicht! Ihr seid neutral!«, rief die Demonstrantin gut gelaunt.

»Was brauchen wir dann?«

»Keine Ahnung, aber wenn ich dich so anschaue? Eine kalte Dusche?«

Glut konnte nicht widersprechen. Seit er aus der Kirche raus war, hatte er seine festliche Aufmachung bis zur letzten Baumwollfaser durchgeschwitzt, sein Hemd sah aus, als bedecke es keine Haut, sondern einen großen, nassen Schwamm.

»Verfluchte Hitze!«

# *Anhang*

i.A.15.41.22.58. - PRO/FN/mg Bern, den 21. April 1983

V E R T R A U L I C H

URGENT + IMPORTANT

a.v.p.

Notiz an den Departementschef

Fall "NOWOSTI"

Bereits Ende letzten Jahres sind wir von der Bundesanwaltschaft auf gewisse, vom Nowosti-Büro in Bern ausgehende, subversive Aktivitäten aufmerksam gemacht worden, die nach Ansicht des EJPD zu entsprechenden Gegenmassnahmen Anlass geben sollten.

Auf einen kurzen Nenner gebracht, besteht die fragliche Tätigkeit insbesondere darin, dass das erwähnte Agenturbüro - und vor allem seine zwei schweizerischen Angestellten - neben der bei seiner Zulassung ausdrücklich umschriebenen journalistischen Tätigkeit (Berichterstattung aus der Schweiz und Verbreitung von Informationen der Agentur Nowosti) in folgender Weise aktiv war und noch immer ist:

- Unterstützung dissidenter Gruppen
- Förderung von Aktionen gewisser Kreise der Friedensbewegung
- Organisation eines Zwischenfalls im Nationalrat
- Paramilitärische Schulung einer alternativen Gruppe von Jugendlichen in Münchenbuchsee etc.

Ohne den unzulässigen Charakter dieses Treibens verharmlosen zu wollen, stellten sich allerdings sowohl die Völkerrechtsdirektion wie auch die Politische Direktion die Frage, ob die genannten Vorwürfe ausreichen könnten, um den uns im Kleinen Mitberichtsverfahren vorgelegten Antrag auf Schliessung des Agenturbüros in Bern, Ausweisung von dessen Direktor sowie Persona-non-grata-Erklärung des verantwortlichen Presseattachés in der hiesigen sowjetischen Botschaft zu rechtfertigen.

Diese unterschiedliche Beurteilung der Angelegenheit bildete kürzlich den Anlass zu einer kollegialen Aussprache zwischen dem Bundesanwalt einerseits und dem unterzeichneten Staatssekretär anderseits sowie ihren zuständigen Mitarbeitern.

./. Die Teilnehmer der Besprechung, deren Zusammenfassung beiliegt, kamen zum Schluss, dass der Chef des Nowosti-Büros in Bern, Dumov, ausgewiesen, das Agentur-Büro geschlossen und vom EJPD ein mit dem EDA abgestimmtes Pressekommuniqué veröffentlicht werden sollte. Ferner wäre vorgesehen, dass der sowjetische Botschafter unterrichtet und darauf hingewiesen wird, dass hinsichtlich seines Presseattachés Ovtchinnikov, obwohl auch dafür Anlass bestanden hätte, absichtlich keine Massnahmen ergriffen wurden.

Es lag uns daran, Sie über diese Angelegenheit in Kenntnis zu setzen für den Fall, dass Herr Bundesrat Friedrich, der bereits entsprechend orientiert ist, Sie darauf ansprechen sollte. Wir wären Ihnen dankbar, wenn Sie uns mitteilten, ob Sie sich mit unserer Betrachtungsweise, die wir gegebenenfalls in einen Mitbericht an den Bundesrat aufnehmen würden, einverstanden erklären könnten.

Raymond Probst

Raymond Probst

Beilage erwähnt

Kopie: CFA / PRO / DZ / BRE / MF / PB / SBL/FN

# Nachspiel zur Novosti-Affäre

## *Vorwürfe der Friedensbewegung — ergänzende Erläuterungen der Bundespolizei*

*U. M. Bern, 3. Mai*

Wie zu erwarten war, haben die bei der Schliessung des Berner Novosti-Büros vom Eidgenössischen Justiz- und Polizeidepartement offengelegten Querverbindungen von Sowjetagenten zur Friedensbewegung in den davon betroffenen Kreisen Reaktionen hervorgerufen. Allerdings distanziert sich die *Schweizerische Friedensbewegung* nicht etwa von allfälligen Versuchen der Beeinflussung durch ausländische Agitatoren, sondern sie stellt sich schützend vor die beiden Schweizer Mitarbeiter des Berner Novosti-Büros und versucht, den Bundesratsbeschluss als *«Akt des Kalten Krieges»* zu diffamieren. Der Chef der Bundespolizei, *Dr. Peter Huber*, nahm am Dienstag nachmittag an einer Pressekonferenz seinerseits nochmals Stellung zum Fall Novosti.

### Verharmlosung der Vorfälle

«Man schlägt den Sack und meint den Esel», erklärte der Präsident der Schweizerischen Friedensbewegung, *Hans Stebler*, am Dienstag vormittag vor Journalisten. Mit der ganzen Aktion wolle man bloss die Friedensbewegung treffen und versuchen, sie mit dem «Russenschreck» aufzuspalten. Vorgestellt wurden der Presse dabei auch die Schweizer Novosti-Mitarbeiter *Martin Schwander* und *Philippe Spillmann*. Schwander hat nach seinen eigenen Aussagen bei Novosti lediglich einen sicheren Arbeitsplatz gesucht. Er sei Mitglied der Partei der Arbeit (PdA) und habe dabei selbstverständlich auch Sympathie für die Friedensbewegung und die Dienstverweigerer. Indem er diese Kreise unterstütze und für sie aktiv tätig sei, mache er lediglich von seinen demokratischen Rechten Gebrauch. Es seien dabei zweifellos im Berner Novosti-Büro Telefongespräche mit verschiedenen Organisationen geführt oder Protokolle geschrieben worden. Das habe er aber sozusagen als Privatmann getan, und niemand halte sich darüber auf, wenn ein Bankangestellter dasselbe während seiner Arbeitszeit tue. Spillmann war dabei, als die Sitzung des Nationalrates im vergangenen Sommer gestört wurde, er habe sich aber an dieser Aktion selber nicht beteiligt, sondern nur zugeschaut und sei auch nicht verhaftet worden. Für beide ist das, was dem Novosti-Büro vorgeworfen werde, *erlogen*. Der Vorwurf der Lüge war noch recht harmlos im Vergleich zu den Verbalinjurien, die sich vor allem gegen Bundesrat Friedrich richteten, den man als Kriegshetzer verunglimpfen wollte.

### Solidarität der Journalisten-Union

In die gleiche Kerbe schlägt bemerkenswerterweise auch die *Schweizerische Journalisten-Union*, eine Sektion des VPOD. Bundesrat Friedrich habe den Kalten Krieg erklärt, meint sie. Er diffamiere nicht nur Leute, sondern mache sie auch noch brotlos. Mit seinem Rundumschlag verletze Bundesrat Friedrich auch die *KSZE-Schlussakte*. Es gebe keine gesetzliche Grundlage zur Schliessung der Agentur Novosti. Dieser Behauptung wäre allerdings entgegenzuhalten, dass Entscheide — wie sie gegen Novosti getroffen wurden — direkt auf die Verfassungsbestimmungen über den Schutz der äusseren und inneren Sicherheit des Landes abgestützt werden können.

### Dumow als Hauptverantwortlicher

Der Chef der Bundespolizei, *Peter Huber*, hat sich am Dienstag nachmittag bemüht, in den Wirrwarr der Erklärungen der Friedensbewegung, der beiden Novosti-Leute und der Journalisten-Union Klarheit zu bringen. Es wurde dabei unterstrichen, dass die Landesregierung niemandem Vorwürfe macht ausser dem Leiter des Novosti-Büros Bern, *Alexei Dumow*. Die Aktivitäten, die als *politische Beeinflussung* zu qualifizieren sind, wurden über Jahre verfolgt und sind in verschiedenen Bereichen wiederholt manifest geworden. Dumow kann als Leiter des Berner Büros der Verantwortung nicht entbunden werden, wenn durch seine Mitarbeiter Aktivitäten geschehen, die mit Agenturjournalismus nichts mehr zu tun haben. Novosti hat keine Spionage betrieben. Es ging vielmehr um Operationen, mit denen die Politik eines anderen Landes zum Teil *illegal* beeinflusst werden sollte.

### Eindeutige Belege

Es lasse sich eindeutig belegen, dass Schwander an einer Uebung einer Jugendgruppe, die sich den Kampf gegen den Imperialismus zum Ziel gesetzt, dafür Kampfbahnen angelegt und trainiert habe und sich in der Handhabung von Molotowcocktails ausbilden liess, als «Inspizient» dabeigewesen sei. Indem er diese Uebungen mitverfolgte, bekundete er erneut sein Interesse an solchen Aktionen. Auch der «Schweizer Appell für den Frieden und gegen den Atomtod» ist nicht in der Schweiz entstanden. Andere Arbeiten und Aktivitäten gingen ebenfalls vom Berner Büro aus. Die Informationsquellen und Beweise werden aber von der Bundespolizei im Interesse anderer Fahndungsaktionen *nicht bekanntgegeben*.

### Begründung der Schliessung

Ueber die Störung der Sitzung des Nationalrates war Dumow im Bild. Dafür hat man bei der Bundespolizei Beweise. Für die Aktionen hat er zum Teil eine direkte, zum Teil eine indirekte Verantwortung. Eine blosse Ausweisung Dumows wäre indessen eine ungenügende Massnahme gewesen. Deshalb verfügte der Bundesrat auch die Schliessung des Berner Büros. Man wollte damit nicht tolerieren, dass Journalisten Dumows Aktivitäten weiterhin hätten ausüben können. Bereits Ende des vergangenen Jahres war die Beweisaufnahme des Sachverhaltes abgeschlossen. Dass der Entscheid des Bundesrates aber erst am vergangenen Mittwoch erfolgte, stehe *in keinem Zusammenhang mit dem Wechsel des Departementsvorstehers*.

### Keine Straftatbestände hinreichend erfüllt

Im weiteren wurde auch geprüft, ob sich die beiden Schweizer Mitarbeiter von Novosti eines Angriffs auf die Unabhängigkeit der Eidgenossenschaft oder gegen die Sicherheit der Schweiz im Sinne der Artikel 266 und 266bis des Schweizerischen Strafgesetzbuches schuldig gemacht haben. Die zur Diskussion stehenden Tatbestände wurden aber nicht als hinreichend dafür erachtet, dass gegen die beiden strafrechtlich vorgegangen werden könnte. Der Chef der Bundespolizei stellte auch klar in Abrede, man wolle mit der Schliessung des Berner Büros die Friedensbewegung diffamieren. Auch die Bundesstellen setzten sich nachhaltig für den Frieden ein, erklärte Huber.

# Jean Ziegler (SP) fordert Strafuntersuchung gegen Ex-Bundesanwalt Gerber

## Der Genfer Nationalrat: «Bundespolizei überliess die Schweizerin Ruth Gerhardt den Henkern in Pretoria»

**BERN - Vor drei Wochen wurde die Basler Apartheid-Gegnerin Ruth Gerhardt (48) aus südafrikanischer Haft entlassen. Nun droht ihr ein Prozess in der Schweiz!**

«Wir prüfen, ob Anlass dafür besteht, dass auch in der Schweiz ein Urteil ergeht», erklärt Roland Hauenstein, der Sprecher der Bundesanwaltschaft (BA). «Das Verfahren gegen Frau Gerhardt wurde wieder aufgenommen.»

Ruth Gerhardt war im Januar 1983 in Südafrika verhaftet und im folgenden Dezember wegen «Hochverrats» zu zehn Jahren Haft verurteilt worden. Ihr südafrikanischer Ehemann Dieter (53), ein hoher Marineoffizier, bekam eine lebenslängliche Strafe. Das Ehepaar, überzeugte Gegner der Politik der Rassentrennung, hatte während Jahren Militärgeheimnisse an die Sowjetunion verraten.

Vor drei Wochen verfügte Südafrikas Staatschef de Klerk die vorzeitige Entlassung von Ruth Gerhardt – nach Intervention von ANC-Vizepräsident Nelson Mandela.

Zur Überführung des Ehepaars Gerhardt hatte der südafrikanische Geheimdienst BOSS eng mit mehreren westlichen Nachrichtendiensten zusammengespannt – auch mit der Schweiz.

Über diese Zusammenarbeit verlangt der Genfer SP-Nationalrat Jean Ziegler vom Bundesrat in einer soeben deponierten Interpellation Auskunft.

Ziegler: «Das ist ein Skandal! Der Tip für die Verhaftung von Ruth Gerhardt kam von der Bundespolizei – im klaren Wissen darum, dass Ruth Gerhardt die Todesstrafe droht. Die ganze Kooperation mit diesem Regime war kriminell.»

Ziegler weiter: «Man hätte Ruth Gerhardt in Zürich anhalten können, wo sie für den 25. Januar 1983 mit ihrem sowjetischen Verbindungsmann Nikolajew verabredet war. Doch man nahm nur den Russen fest und verurteilte ihn zu zweieinhalb Jahren. Die Schweizerin überliess man den Henkern in Pretoria!»

Ziegler fordert eine Strafuntersuchung gegen Ex-Bundesanwalt Rudolf Gerber und Ex-Bundespolizeichef Peter Huber. Ziegler: «Die Bundesanwaltschaft betrieb selber verbotenen politischen Nachrichtendienst – zum Nachteil einer Schweizer Bürgerin.»

BA-Sprecher Roland Hauenstein bekennt: «Ich kann nicht ausschliessen, dass es derartige Kontakte gab. Das gibt es öfters, wenn gleichgelagerte Interessen vorliegen.»

**Heinz Moll**

*Weil sie Bundesrat Friedrich eingeklagt hatten*

# 1413 Bürger kamen ins Register

**rbl. Bern, 14. Dez. Die Bundesanwaltschaft hat 1413 Bürger, die Strafklage gegen Bundesrat Rudolf Friedrich einreichten, amtlich registriert. Dies enthüllte der Zürcher Sozialdemokrat Moritz Leuenberger am Mittwoch im Nationalrat, als es um die Frage ging, ob die Immunität Bundesrat Friedrichs wegen dieser Strafklagen aufgehoben werden soll. Die Immunität wird nicht aufgehoben. Leuenberger forderte, jetzt auch die Registrierung der Kläger wieder zu löschen.**

Ausgangspunkt war die Schliessung der sowjetischen Nachrichtenagentur *Nowosti* in Bern: 1413 Bürger, die sich zur Friedensbewegung zählen, fühlten sich durch Äusserungen von Bundesrat Rudolf Friedrich, wonach die Sowjetunion die schweizerische Friedensbewegung beeinflusse, in ihrer persönlichen Ehre verletzt. Sie klagten den Justizminister wegen *Verleumdung, eventuell übler Nachrede*, ein.

Mitglieder des Parlaments, des Bundesrats und des Bundesgerichts können für strafbare Handlungen, die sich auf ihre amtliche Tätigkeit oder Stellung beziehen, nur dann verfolgt werden, wenn das Parlament zustimmt, wenn also die Immunität aufgehoben wird. Dies schreibt das *Verantwortlichkeitsgesetz* vor. Die Äusserungen von Bundesrat Friedrich bezogen sich in der Tat auf seine amtliche Tätigkeit; er machte sie als zuständiger Justizminister, dem die Bundesanwaltschaft unterstellt ist. Folglich konnte kein Gericht die Strafklagen gegen ihn behandeln, ohne dass das Parlament zuvor seine Immunität aufgehoben hätte. Die Petitionskommission des Nationalrats kam zum Schluss, dass die Tatbestände der Verleumdung und der üblen Nachrede nicht erfüllt seien und dass daher die Immunität nicht aufzuheben sei. Der Nationalrat folgte dem Antrag stillschweigend.

Dennoch kam es zu zwei kurzen Interventionen am Rednerpult: *Moritz Leuenberger* (SP, Zürich) protestierte dagegen, dass die Bundesanwaltschaft nach eigenen Angaben sämtliche 1413 Kläger registriert hat. Dies bedeute, dass diese Leute, die durch die Klagen ihre Betroffenheit manifestiert hätten, künftig *keine Stellen mehr beim Bund* und wahrscheinlich auch keine Posten mehr in den kantonalen Verwaltungen erhielten. Dass sie auf diese Weise *kriminalisiert* würden, verweise auf die beschränkte politische Einstellung der Bundesanwaltschaft. Leuenberger verlangte, dass die Registrierungen unverzüglich wieder gelöscht werden.

*Hansjörg Braunschweig* (SP, Zürich) benützte die Gelegenheit, um zweierlei deutlich zu machen: Erstens sei die Auseinandersetzung um die aufgeworfenen Fragen *politisch* zu führen, nicht vor dem Richter. Zweitens sei es böswillig zu behaupten, die Friedensbewegung sei von Moskau gesteuert. Braunschweig pflichtete damit den Klägern gegen Friedrich in der Sache bei, nicht aber in der Form.

»Nachspiel zur Novosti-Affäre«, 4. Mai 1983, *Neue Zürcher Zeitung*

»Jean Ziegler (SP) fordert Strafuntersuchung gegen Ex-Bundesanwalt Gerber«, 17. Juni 1990, *SonntagsBlick*

»1413 Bürger kamen ins Register«, 15. Dezember 1983, *Tages-Anzeiger*

Foto: Christian Fink

**Lukas Holliger**, geboren 1971, studierte zunächst Germanistik, Kunstwissenschaften und Geschichte in Basel. Ab 1995 widmete er sich dem Theater und gewann bereits mit seinen frühen Stücken mehrere Förderpreise. Es folgten Auftragswerke und Uraufführungen an renommierten Theatern in Deutschland und der Schweiz. Lukas Holligers Hörspiele werden regelmäßig in den Programmen von SRF, ARD und Deutschlandfunk ausgestrahlt. 2013 war er auf der Shortlist für den Hörspielpreis der Kriegsblinden, 2017 mit seinem ersten Roman *Das kürzere Leben des Klaus Halm* für den Schweizer Buchpreis nominiert. Seit 2006 arbeitet Holliger zudem als Satire-Redaktor bei SRF Kultur. Er lebt in Basel.

*1983. Verfluchte Hitze* basiert auf Lukas Holligers Hörspiel *Verfluchte Hitze*, produziert von SRF Schweizer Radio und Fernsehen (2018).
www.srf.ch/krimi

| | |
|---|---|
| Cesare Pavese | *Der Mond und die Feuer* |
| Lisa Elsässer | *Fremdgehen* |
| Bruno Pellegrino | *Atlas Hotel* |
| Pascale Kramer | *Die Lebenden* |
| Romana Ganzoni | *Granada Grischun* |
| S. Corinna Bille | *Für immer Juliette* |
| Romain Gary | *Du hast das Leben vor dir* |
| Pascale Kramer | *Autopsie des Vaters* |
| Yael Inokai | *Mahlstrom* |
| Cesare Pavese | *Das Haus auf dem Hügel* |
| Matthias Amann | *Hunde im Weltraum* |
| Vincenzo Todisco | *Das Eidechsenkind* |
| Marie Modiano | *Ende der Spielzeit* |
| Ruska Jorjoliani | *Du bist in einer Luft mit mir* |
| Rolf Hermann | *Flüchtiges Zuhause* |
| Paolo Cognetti | *Fontane Numero 1* |
| Romain Gary | *Die Jagd nach dem Blau* |
| Lisa Elsässer | *Erstaugust* |
| S. Corinna Bille<br>Maurice Chappaz | *Ich werde das Land durch-<br>wandern, das Du bist* |
| Cesare Pavese | *Der Genosse* |
| Leta Semadeni | *Tamangur* |
| Pascale Kramer | *Eine Familie* |
| Romana Ganzoni | *Tod in Genua* |
| Andreas Nentwich | *Change Ringing* |
| Gabriella Zalapì | *Antonia* |

| | |
|---|---|
| Fabio Andina | *Tage mit Felice* |
| Marie-Hélène Lafon | *Die Annonce* |
| Simon Deckert | *Siebenmeilenstiefel* |
| Cesare Pavese | *Der schöne Sommer* |
| Alexandre Hmine | *Milchstraße* |
| Fabio Andina<br>Lorenzo Custer | *Tessiner Horizonte –<br>Momenti ticinesi* |
| Elena Costa | *Der Traum vom kühnen Leben* |
| Ruska Jorjoliani | *Drei Lebende, drei Tote* |
| Gino Vermicelli | *Die unsichtbaren Dörfer* |
| Marie-Hélène Lafon | *Geschichte des Sohnes* |
| Franco Supino | *Spurlos in Neapel* |
| Dacia Maraini | *Caro Pier Paolo* |
| Fabio Andina | *Davonkommen* |
| Matthias Zschokke | *Der graue Peter* |
| Kathrin Burger | *Vor mir wird es Morgen* |
| S. Corinna Bille | *100 kleine Schauergeschichten* |
| Christoph Keller | *Afrika fluten* |
| Valentina Mira | *X* |
| François-Henri Désérable | *Mein Meister und Bezwinger* |
| Lukas Holliger | *1983. Verfluchte Hitze* |
| S. Corinna Bille | *Meerauge* |
| Cesare Pavese | *Das Handwerk des Lebens* |

EDITION BLAU
Rotpunktverlag